루친데

Lucinde

Friedrich Schlegel

대산세계문학총서
187

루친데

Lucinde

프리드리히 슐레겔 박상화 옮김

문학과지성사

대산세계문학총서 187

루친데

지은이   프리드리히 슐레겔
옮긴이   박상화
펴낸이   이광호
주간   이근혜
편집   김은주 주지현
펴낸곳   ㈜**문학과지성사**
등록번호   제1993-000098호
주소   04034 서울 마포구 잔다리로7길 18(서교동 377-20)
전화   02) 338-7224
팩스   02) 323-4180(편집) 02) 338-7221(영업)
전자우편   moonji@moonji.com
홈페이지   www.moonji.com

제1판 제1쇄 2023년 12월 29일

ISBN 978-89-320-4250-3 04850
ISBN 978-89-320-1246-9(세트)

이 책은 대산문화재단의 외국문학 번역지원사업을 통해 발간되었습니다.
대산문화재단은 大山 愼鏞虎 선생의 뜻에 따라 교보생명의 출연으로 창립되어
우리 문학의 창달과 세계화를 위해 다양한 공익문화사업을 펼치고 있습니다.

차례

루친데

단편 유고

일러두기

1. 이 책은 Friedrich Schlegel의 *Lucinde*(Frankfurt/M, Berlin, Wien: Ullstein, 1980)
   를 우리말로 옮긴 것이다.
2. 본문의 주는 모두 옮긴이의 것이다.

루친데

Lucinde

서문

페트라르카*가 두근거리는 가슴을 안고 미소를 지으면서 자신이 쓴 불후의 연애 시집을 살펴보고 소개합니다. 영리한 보카치오**는 자신이 쓴 호화로운 책의 서두와 말미에서 모든 숙녀에게 겸손하고 감미롭게 말을 겁니다. 그리고 숭고한 세르반테스***까지도 육신은 늙고 고통 속에 빠져 있음에도 불구하고 여전히 친근하며 부드러운 재치로 가득 차 있습니다. 그는 활기가 넘치는 작품의 다채로운 구경거리를 그 자체가 이미 하나의 아름다운 낭만적인 그림인 서문序文의 귀중한 태피스트리****

---

* Francesco Petrarca(1304~1374): 이상적인 연인 라우라Laura에게 바치는 시들을 써서 르네상스 서정시의 개화에 기여한 이탈리아 르네상스기의 시인이다.

** Giovanni Boccaccio(1313~1375): 페트라르카와 함께 이탈리아 르네상스 인문주의의 토대를 이룬 작가이다. 정신적인 연인인 피아메타Fiammetta가 『데카메론』에 이르기까지 그의 모든 문학 활동을 지배했다고 한다.

*** Miguel de Cervantes Saavedra(1547~1616): 세계 최초의 근대소설이라고 평가받는 『돈키호테』의 작가이다.

**** 다양한 색실로 그림을 짜 넣은 직물이나 또는 그런 직물을 만드는 기술을

로 장식합니다.

찬란한 식물이 풍요로운 모성母性의 대지를 뚫고 올라온다면, 구두쇠에게는 불필요할 수도 있는 많은 것들이 그 식물에 사랑스럽게 열릴 것입니다.

그러나 나의 정신은, 사랑의 재능은 풍부하나 문학적 재능은 부족한 내 정신의 아들에게 무엇을 주어야 합니까?

작별에 즈음하여 단지 한마디의 말을, 오직 하나의 비유를 건넵니다. 위풍당당한 독수리만 까마귀의 울음소리를 무시할 수 있는 것은 아니다. 백조* 또한 자부심이 강해서 그러한 소리를 듣지 않는다. 백조는 하얀 날개의 광택을 깨끗하게 유지하는 것 이외에는 아무것도 상관하지 않는다. 백조는 다만 무사히 레다**의 품에 안기어 덧없이 죽어야 할 모든 것을 노래에 담아 발산하는 것만을 생각한다.

의미한다.

* 숲속의 샘에서 목욕을 하고 있는 레다의 아름다움에 반한 제우스는 백조로 변해 레다와 사랑을 나눈다.

** 레다는 스파르타의 왕비로 백조로 변한 제우스와 사랑을 나눈 후 두 개의 알을 낳았다. 이 알에서 쌍둥이 형제 카스토르와 폴리데우케스, 쌍둥이 자매 헬레네와 클리타임네스트라가 태어났다. 레다와 사랑을 나누는 백조는 많은 예술 작품의 소재로 등장한다.

미숙한 자의 고백

율리우스가 루친데에게 보내는 편지

생각해보니 인간과 인간이 원하고 행하는 것이 내게는 움직임이 없는 잿빛 형상들처럼 보였습니다. 그러나 나를 둘러싸고 있는 고독 속에서 모든 것은 빛이고 색채였습니다. 그리고 생명과 사랑의 맑고 따스한 숨결이 내게 불어와 바람 소리를 내며 무성한 숲의 나뭇가지들 속에서 움직였습니다. 나는 그것을 바라보면서 동시에 짙은 녹색과 하얀 꽃들과 황금빛 과일 등 모든 것들을 즐겼습니다. 그리고 또한 영원히, 유일하게 사랑하는 여인이 여러 가지 모습으로 있는 것을, 다시 말하자면 때로는 어린아이 같은 소녀의 모습이었다가 때로는 사랑과 여성성이 활짝 피어난 여인의 모습이었다가 그리고 진지한 사내아이를 팔에 안고 있는 고결한 어머니의 모습으로 있는 것을 영혼의 눈으로 바라보았습니다. 나는 봄을 호흡하며 내 주위의 영원한 청춘을 둘러보았습니다. 그리고 미소 지으며 말했습니다. "세계가 비록 가장 훌륭하거나 가장 유용하지는 않을지라도 가장 아름답다는 것을 나는 알고 있다." 이러한 느낌이나 생각에 빠져 있는 나를 그 어떠한 것도, 일반적인 회의나 두려움조차도 방해하지 못했을 것입니다. 왜냐하면 나는 깊숙이 숨겨진 자연의 모습을 꿰뚫어볼 수 있다고 믿었기 때문입니다. 다시 말하자면 모든 것은 영원히 살고 죽음조차도 친밀하며 착각에 불과한 것이라고 느꼈습니다. 하지만 그러한 것에 대해서 아주 많이 생각한 것은 아닙니다. 적어도 그 개념을 분석해서 특별히 규정하지는 않았습니다. 그 대신 나는 기꺼이 기쁨과 고통이 섞여 있는 혼돈 속으로 깊숙이 빠져들었습니다. 그곳에서 삶의 맛이 우러나고 감정이 피어나는 정신적인 쾌락과 감각적인 환희가 생겨납니다. 날카로운 불꽃이 나의 혈관을 타고 흘렀습니다. 내가 꿈꾸었던 것이 당신을 끌어안고 나누는 한 번의 입맞춤만은 아니었습니다. 그리움이라는 괴로운 고통을 부숴버리고 관계의 쾌락으로 달콤한 열정을 식혀보려는 것만은 아니었습니다. 나는 당신의 입술만을 그리워하거나, 또는 당신의 눈이나 육체만을 그리워하지는 않았습니다. 내가 그리워한 것은 이러한 모든 것들의 낭만적인 혼합이었습니다. 그것은 매우 다양한 추억과 동경의 놀라운 혼합이었습니다. 당신이라는 진정한 존재와 당신의 얼굴에 피어나는 기쁨의 희미한 빛이 고독한 나를 갑자기 완전히 불타오르게 했을 때, 남자와 여자의 가벼운 행동들이 만드는 모든 신비로운 것들이 내 주위를 떠돌고 있는 것처럼 보였습니다. 위트와 환희가 변하여 우리가 함께 만드는 삶에 공동의 맥박이 되었습니다. 우리는 경건한 마음과도 같은 자유분방한 마음으로 서로를 포옹했습니다. 나는 그대에게 격정에 완전히 몸을 맡길 것을 애원했으며, 지치지 말고 계속 몰두할 것을 간청했습니다. 그럼에도 불구하고 나는 냉철한 이성을 잃지 않고 기쁨의 행렬이 보내는 모든 나지막한 신호에 귀를 기울였습니다. 그것은 기쁨의 어떤 흔적도 내게서 빠져나가지 못하게 하고, 조화로움에 어떠한 틈도 생기지 않도록 하기 위해서였습니다. 나는 단순히 즐기기만 한 것이 아니라 느꼈으며, 즐거움 자체도 만끽했습니다.

간절히 사랑하는 루친데여, 그대는 너무도 영리하여 아마도 이미 오래전에 이러한 모든 것이 단지 아름다운 꿈에 불과하다고 생각했을 것입니다. 그것은 매우 유감스러운 일입니다. 그리고 머지않아 적어도 꿈의 일부라도 실현할 수 있으리라는 희망조차 품을 수 없게 된다면 나는 매우 슬퍼할 것입니다. 사실 문제는 내가 방금 전에 창가에 서 있었다는 데 있습니다. 얼마나 오래 서 있었는지는 정확히 알지 못합니다. 왜냐하면 이성과 도덕의 다른 규칙들과 더불어 시간을 헤아리는 것도 나는 그때 완전히 잊고 있었기 때문입니다. 나는 그렇게 창가에 서서 밖을 바라보았습니다. 아침은 물론 아름답다고 말할 만합니다. 공기는 고요하고 충분히 따스하며 내 앞에 있는 이곳의 초록빛도 아주 신선합니다. 탁 트인 평원이 부드럽게 오르락내리락하는 듯이, 고요하고 넓은 은빛 시내가 멀리서 완만하게 커다란 원을 그리며 구불구불 흘러갑니다. 시내는 물 위에 떠 있는 백조처럼 흔들거리던, 사랑에 빠진 사람의 환상과 함께 아스라이 사라집니다. 아득히 먼 곳으로 서서히 사라져갑니다. 내가 상상하는 숲과 그 숲의 남국적인 색채는 아마도 여기 내 곁에 있는 커다란 꽃 무더기와 상당량의 오렌지 나무에서 기인한다고 말할 수 있습니다. 나머지 모든 것들은 심리학적으로 쉽게 설명할 수 있습니다. 그것은 환영이었습니다. 사랑하는 여인이여, 내가 전부터 창가에 서서 아무 일도 하지 않았다는 사실을 제외한다면, 그리고 지금 이곳에 앉아서 아무것도 하지 않는 것보다는 조금 많거나 어쩌면 더 적을 수도 있는 그 무슨 일인가를 했다는 사실을 제외한다면, 나머지 그 모든 것은 환영이었습니다.

우리의 포옹 사이에 존재하는 놀랍고도 혼란스러운 극적인 상호 관계에 대해 다감한 생각을 하며 신중한 감성에 빠져 있던 내가 우연히 일어난 무례하고 불쾌한 일로 방해를 받았을 때, 나는 나 자신과 나누었던 이야기를 그대로 그대에게 썼습니다. 그때 나는 투명하고 진실했던 시절의 내 서투름과 우리의 경솔함에 대한 정확하고 진솔한 이야기를 그대 앞에 막 펼쳐놓으려고 했습니다. 그리고 가장 섬세한 삶의 내밀한 중심을 상하게 하는 우리의 오해에 대해 단계적으로 서서히 자연적인 법칙에 따라 해명하고, 나의 미숙함으로 인해 생긴 여러 가지 일을, 전체적으로나 부분적으로나 잦은 미소와 약간의 슬픔과 충분한 자기만족 없이는 결코 조망할 수 없는, 나의 남성 수업 시대와 함께 제시하려던 참이었습니다. 하지만 나는 교양 있는 애호가이자 작가로서 다듬어지지 않은 우연을 만들어내고, 그것을 목적에 맞게 형상화하려 합니다. 그러나 나를 위한, 이 글을 위한, 이 글을 향한 나의 사랑을 위한, 그리고 이 글의 형상화를 위한 어떠한 목적도 우리가 질서라고 부르는 것을 내가 처음부터 바로 파기하고 치워버리며 매혹적인 혼란의 권리를 명확하게 내 것으로 만들어 확보하고 행동으로 그 권리를 주장하는 것보다 더 합목적적인 것은 없습니다. 이러한 것은 우리의 삶과 사랑이 나의 정신과 펜에 제공한 소재가 변함없이 점진적이고 체계적이기 때문에 그만큼 더더욱 필요합니다. 또한 형식이라고 하더라도 그러한 형식적 특성을 갖는 유일한 이런 편지는 지나치게 획일적이고 단조로워서 편지가 이루고자 하고 이뤄야만 하는 일을, 다시 말해 고상한 조화와 흥미로운 즐거움의 가장 멋진 혼돈을 재창조하고 완성시키는 일을 더 이상할 수 없게 될 것이기 때문에 필요합니다. 그리하여 나는 의심의 여지 없이 확실한 혼란의 권리를 사용합니다. 그리고 그대를 꼭 볼 수 있기를 바랐던 그대의 방이나 우리의 소파에서 그대를 발견하지 못할 때면, 그대가 그리워 참을 수 없어서 당신이 바로 직전에 사용했던 펜으로 마음속에 떠올랐던 가장 멋진 말로 가득 채웠거나 망쳐버렸던, 어지럽게 흐트러져 있던 수많은 종이 중 한 장을 완전히 엉뚱한 장소인 이곳에 놓아둡니다. 이 종이들은 착한 그대가 나 몰래 조심스레 간직했던 것들입니다.

선택을 하는 것은 어렵지 않습니다. 이곳에서 그대와 영원한 문자*에게 털어놓았던 몽상들 중에서 가장 아름다운 세계에 대한 기억은 여전히 가장 풍요로우며 아직도 소위 생각이라고 하는 것들과 모종의 유사성을 갖고 있기 때문입니다. 그래

---

* 당시에 썼던 글에 담긴 문자들을 의미한다.

서 나는 무엇보다도 가장 아름다운 상황에 대한 열광적인 상상을 선택합니다. 왜냐하면 우리가 가장 아름다운 세계에 살고 있다는 사실을 이제야 비로소 확실히 알았기 때문입니다. 덧붙여 말하자면, 다른 사람을 통해서나 또는 우리 스스로 가장 아름다운 세계의 가장 아름다운 상황에 대해서 철저하게 배우려는 욕구가 논란의 여지 없이 확실히 존재합니다.

가장 아름다운 상황에 대한 디티람보스적 상상*

이곳에서 내가 발견한 이 성스러운 당신의 종이 위로 커다란 눈물 방울이 떨어집니다. 그대는 나의 가장 소중하고 은밀한 의도에 대한 오래된 대담한 생각을 얼마나 성실하게, 얼마나 간명하게 표현했던가요. 그런 생각은 그대 안에서 충분히 자라났고, 나는 거울 같은 이 글에서 자신에 대해 감탄하고 자신을 사랑하는 나의 모습을 염려하지 않습니다. 이곳에서만 나는 완전하고 조화로운 나 자신을 봅니다. 또는 오히려 내 안에서 그리고 그대 안에서 충만하고 완전한 인간성을 봅니다. 왜냐하면 그대의 정신도 의미가 분명해지고 완성되어 내 앞에 서 있기 때문입니다. 나타났다가 녹아 없어지는 그런 특징들은 더 이상 존재하지 않습니다. 영원한 존재와도 같은 그대의 정신은 기뻐

---

* 디티람보스는 그리스의 디오니소스 축제에서 부르는 찬가讚歌이다. 슐레겔은 이 장을 가장 아름다운 상황에 대해 열광적으로 찬양하며 바치는 찬가이자 헌시獻詩로 만들려고 한 것이다. '디티람보스적 상상Dithyrambische Phantasie'은 슐레겔이 생각하는 최고의 시적 장르이다.

하며 고상한 눈으로 나를 바라보다가 감싸 안으려 팔을 벌립니다. 최상의 기쁨을 알아보지 못하는 사람들에게는 오직 더없는 행복으로만 보이는 영혼의 민감한 특성과 표현 중에서 가장 덧없는 것이면서도 가장 성스러운 것은 우리의 정신이 일상적으로 호흡하며 살아가는 정신의 공기일 뿐입니다.

그 말들은 의미가 모호하고 흐릿합니다. 이러한 느낌들이 이처럼 복잡하게 몰려드는 가운데 나는 우리가 느꼈던 근원적인 조화의 고갈되지 않는 감정을 새로이 계속 반복하는 일만 할 수 있을 뿐입니다. 위대한 미래가 나에게 서둘러 무한으로 나아가라고 손짓하고, 관념들은 각각 자신의 모태를 열고 무수히 많은 새로운 것들을 탄생시킵니다. 참을 수 없이 욕망을 발산하는 것과 조용히 암시만 하는 것으로 이루어진 두 가지의 극단적인 기질이 내 안에 함께 존재합니다. 나는 고통스러웠던 일을 포함하여 모든 것을 기억합니다. 그리고 이전의 모든 상념들과 미래의 상념들이 활기를 띠며 일어나 나에게 항거합니다. 끓어오르는 혈관 속에서는 거친 피가 날뛰며 돌아다니는데 입은 통합을 갈망합니다. 그리고 기쁨의 여러 모습 중에서 아무리 고르고 바꾸어보아도 나의 상상은 궁극적으로 욕망도 충족시키고 안정도 가져올 수 있는 것은 찾지 못합니다. 그러고 나서 나는 갑자기 감상에 젖어 어두웠던 시절을 다시 회상합니다. 그 시절에 나는 희망도 없이 언제나 기다리기만 했으며, 나도 모르게 격렬한 사랑에 빠졌습니다. 그때 나의 가장 깊은 곳에 있는 존재는 완전히 막연한 그리움으로 가득 차 있었고, 그 그리움은 가끔 반쯤 억눌린 한숨으로 표출되었습니다.

그렇습니다! 나는 지금 느끼는 것과 같은 그러한 기쁨과 사랑이 존재하고, 가장 사랑스런 연인임과 동시에 가장 훌륭한 동료일 수도 있고 또한 완전한 여자 친구일 수도 있는 여인이 존재한다는 것은 동화 속에서나 가능한 것으로 여겼을지도 모릅니다. 왜냐하면 나는 내게 부족하지만 여성에게서는 찾기를 기대하지 않았던 모든 것들을, 특히 우정 속에서 찾으려 했기 때문입니다. 그대 안에서 나는 그 모든 것을 발견했으며, 내가 원하던 것보다 더 많이 찾아냈습니다. 그러나 그대는 또한 다른 여자들과 같지 않습니다. 습관이나 변덕을 여성적인 것으로 언급하는 것과 그대는 아무 관계가 없습니다. 약간의 특이한 성격을 제외하고 그대의 영혼이 갖고 있는 여성다운 모습은 오직 삶과 사랑을 똑같이 매우 중요하게 여기는 데 있습니다. 그대는 모든 것을 완전하고 무한한 것으로 느낍니다. 그대는 분리를 모릅니다. 그대의 존재는 하나이며 분리될 수 없습니다. 그렇기 때문에 그대는 매우 진지하며, 또한 매우 큰 기쁨을 누립니다. 그렇기 때문에 그대는 모든 것을 매우 대단하게 받아들이기도 하고, 매우 무관심하게 받아들이기도 합니다. 그리하여 그대는 나를 완전히 사랑하며, 나의 어떠한 부분도 국가나 주변 세계나 또는 남성 친구들에게 내어주지 않습니다. 모든 것은 그대에게 속합니다. 우리는 어디에서나 서로 가장 가까운 존재이며 서로를 가장 잘 이해합니다. 그대는 나와 함께 분방한 쾌락에서 가장 정신적인 관념에 이르기까지 인간의 모든 단계를 경험합니다. 그리고 나는 오직 그대 안에서만 진정한 자존심과 진실로 여성다운 겸손을 보았습니다.

지극히 커다란 슬픔이 우리를 갈라놓지는 않고 둘러싸고만 있다면, 그것이 나에게는 우리 결혼의 숭고한 가벼움*을 돋보이게 하는 신선한 대비에 지나지 않는 듯 보일 것입니다. 우리는 사랑처럼 영원한데, 왜 우리는 우연히 찾아오는 쓰라린 기분을 멋진 재치나 생동감 있는 일시적인 변화로 받아들이면 안 되는 것일까요? 나는 더 이상 나의 사랑이라거나 당신의 사랑이라고 말할 수 없습니다. 그 둘은, 그러니까 사랑하는 것과 사랑받는 것은 서로 똑같으며 완전한 하나입니다. 그것이 우리 정신의 영원한 합일이자 결합인 결혼입니다. 그러한 합일은 우리가 단순히 이 세상 또는 저 세상이라고 부르는 것을 위한 것이 아니라, 진정하고 불가결하며 이루 말할 수 없이 영원한 세계를 위한 것이며, 우리의 영원한 존재와 삶 전체를 위한 것입니다. 그렇기 때문에 나는 또한 "우리 인생의 나머지를 마지막까지 다 마셔버립시다"라고 말하며 지난번에 우리가 함께 샴페인을 마셨듯이, 시간이 되었다고 생각하면 한 잔의 독배를 그대와 함께 기쁘고 경쾌하게 비워버리려 합니다. 그렇게 말한 나는 포도주의 고귀한 영혼이 거품이 되어 사라지기 전에 급히 마셨습니다. 그리고 지금 다시 한번 더 나는 우리 그렇게 사랑하며 살자고 말하겠습니다. 나는 또한 그대가 나보다 더 오

---

* 이 소설에서 추구하는 사랑은 본능에 충실한 사랑이다. 따라서 관능적인 쾌락을 사랑의 중요한 요소로 보기 때문에 체면과 점잖음은 가식적인 것으로 보고 배제한다. 이러한 사랑을 바탕으로 한 결혼은 관습적인 면에서 보면 경솔하고 가벼워 보일 수도 있지만, 이것이야말로 진정한 결혼으로 보아야 하기 때문에 '숭고한 가벼움'으로 표현한 것이다.

래 살고 싶어 하지 않으리라는 것을 알고 있습니다. 그대는 남편인 내가 먼저 죽는다면 무덤까지도 따라오려고 할 것입니다. 그리고 사랑과 열정의 마음으로 그대는 불꽃이 일렁이는 나락으로까지 뛰어들 것입니다. 인도에서는 미친 법이 여인들을 강요하여 그러한 나락으로 내몰아 가장 우아한 자유의 성전은 의도적이고 거친 명령에 의해 훼손되고 파괴되지요.

그곳에서 그리움은 아마도 완전히 충족될 것입니다. 모든 견해에 대해서, 그리고 그 밖에 우리 속에 형성되고 그 자체로 완성되어 하나의 인물처럼 개별적이고 분리될 수 없는 것처럼 보이는 것에 대해서 나는 종종 경탄합니다. 하나의 견해가 다른 견해를 대신하고 바로 지척에 있는 듯 보였던 것이 곧바로 어둠 속으로 사라집니다. 그러다가 갑자기 전반적으로 모든 것이 명료해지는 순간이 다시 찾아옵니다. 그때는 내적인 세계의 그러한 영혼 몇몇이 놀라운 결혼을 통해 하나로 융합되며, 이미 잊고 있던 우리 자아의 많은 부분들이 미래의 밤까지도 밝히며 새로운 빛을 발합니다. 부분적으로든 전체적으로든 모두 마찬가지라고 생각합니다. 우리가 삶이라고 여기는 것이 완전하고 영원한 내적인 인간에게는 단지 하나의 생각이자 분리할 수 없는 느낌일 뿐입니다. 그런 사람에게도 가장 깊고 가장 완전한 깨달음의 순간이 존재합니다. 그때는 모든 삶이 그에게 나타나 다양한 방식으로 결합되었다가 다시 분리됩니다. 우리가 한 식물에서 피어난 꽃이거나 한 꽃의 꽃잎이라는 사실을 우리 둘이 언젠가 하나의 영혼 속에서 인지하게 되는 순간이 올 것입니다. 그리고 그때는 우리가 지금 희망이라고 부르는 것이 본래는 추억이라는 것을 웃으면서 알게 될 것입니다.

이러한 생각의 첫번째 씨앗이 어떻게 내 영혼에 움텄는지, 그리고 어떻게 곧바로 그대의 영혼에도 뿌리를 내렸는지 그대는 아직 기억하고 있습니까? 그렇게 사랑의 종교는 아이가 메아리처럼 사랑하는 부모의 기쁨을 배가시켜주듯이, 우리의 사랑을 정신적으로 더욱 면밀하고 단단하게 엮어줍니다.

어떤 것도 우리를 갈라놓을 수 없습니다. 멀리 있다는 것은 분명히 나를 더욱 강력하게 그대에게 끌어당기는 힘이 될 것입니다. 나는 마지막 포옹을 할 때 격렬하게 모순된 감정에 휩싸여서 울음과 웃음을 동시에 터뜨리는 모습을 생각합니다. 그러고 나면 나는 조용해지고 일종의 마취 상태가 되어, 내 뜻과는 달리 내 주위의 새로운 대상들이 나를 설득할 때까지 그대로부터 멀리 떨어져 있다는 사실을 결코 믿지 않을 것입니다. 그러나 또한 그리움의 나래를 타고 날아가 그대의 팔에 안길 때까지 나의 그리움도 억제할 수 없이 자라날 것입니다. 말[言]이나 사람들이 우리 사이의 오해를 부추기도록 그대로 두십시오! 깊은 고통은 빠르게 사그라지고 곧 보다 더 완전한 조화 속에 용해될 것입니다. 나는 사랑하는 여인이 관능의 열락에서 입는 작은 상처를 대수롭지 않게 여기듯이 그 고통을 별로 중요하게 생각하지 않습니다.

말하자면 우리에게 현재는 너무나 생생한데 떨어져 있다는 것이 우리를 얼마나 소원하게 만들 수 있을까요? 우리는 지금 우리를 지치게 하는 격정의 불꽃을 농담으로 진정시키고 냉각시켜야 합니다. 따라서 행복의 여러 모습과 상황 중에서 가장 재치 있는 것이 우리에게는 가장 아름다운 것입니다. 우리가 역할을 바꾸어서 누가 상대방을 더 감쪽같이 모방할 수 있는지를, 다시 말하자면 그대가 남자의 은근한 과격성을 더 잘 흉내 내는지, 아니면 내가 여자의 참한 헌신적 태도를 더 잘 흉내 내는지를 어린아이 같은 마음으로 재미 삼아 내기한다면, 무엇보다도 이것이야말로 가장 재치 있는 것이고 가장 아름다운 것입니다. 그런데 그대는 이런 달콤한 유희가 나에게는 본래의 매력과는 완전히 다른 매력을 보여준다는 것을 잘 알고 있나요? 그것은 단순히 권태의 쾌락이나 설욕의 기대만은 아닙니다. 나는 여기에서 남성적인 것과 여성적인 것이 완전한 인간성으로 발달하는 것에 대한 놀랍고도 의미심장한 알레고리를 봅니다. 그 안에는 많은 것이 담겨 있으며, 그 안에 있는 것들은 분명히 그대에게 굴복하는 내 모습보다 더 빨리 나타나지는 않을 것입니다.

그것은 가장 아름다운 세계의 가장 아름다운 상황에 대한 디티람보스적인 상상이었습니다! 나는 그대가 그 당시 그것을 어떻게 보고 받아들였는지 아직도 잘 기억하고 있습니다. 그러나 나는 또한 마찬가지로 그대가 보다 믿을 만한 이야기와 소박한 진실과 침착한 이성을, 그리고 심지어는 도덕을, 그것도 친절한 사랑의 도덕을 기대하고 있는 여기 이 소책자에서 그것을 어떻게 보고 받아들일지도 잘 알고 있다고 생각합니다. "말하는 것이 허락되지 않는 것을, 단지 느껴야만 하는 것을 어떻게 쓰려고 할 수 있습니까?" 나는 다음과 같이 대답합니다. "당신이 그것을 느낀다면 그것을 말하려고 해야 하고, 말하려고 하는 것은 쓸 수도 있어야 합니다."

　모든 종류의 우아하고 신성한 것에 대해 쉽게 불쑥 말해버리고 마는, 약간은 멍청한 열정이 남자의 본성에는 근원적으로 그리고 본질적으로 존재한다는 사실을 나는 우선 그대에게 설명하고 입증하려고 했습니다. 그 열정은 종종 미숙하게도 자신의 정직한 열성 때문에 넘어집니다. 한마디로 말하자면 그것은 조잡해 보이더라도 의도는 숭고합니다.

　틀림없이 이러한 변명을 통해서 내가 구제되기는 하겠지만, 아마도 남성답다는 것 자체에 대한 희생을 치러야만 그렇게 될 것입니다. 왜냐하면 여성인 그대들도 남성답다는 이러한 특성에 대해서 하나하나 꼼꼼히 생각해본다면 알 수 있듯이, 그대들은 남성이라는 부류 전체와 다른 점을 언제나 많이 가지고 있기 때문입니다. 그러나 나는 그런 부류의 남성에 속하고 싶지 않으며, 그래서 순진하고 어린 빌헬미네*의 예를 들어서 나의 자유와 뻔뻔스러움을 변호하거나 변명하려 합니다. 왜냐하면 빌헬미네 또한 내가 가장 정성을 다해 사랑하는 여성이기 때문입니다. 이런 이유로 나는 이제 그 아이의 특성을 조금 서술해보고자 합니다.

---

* 슐레겔의 작은 누나인 샤를로테 에른스트Charlotte Ernst의 딸을 모델로 삼아 쓴 것으로 추정된다.

어린 빌헬미네의 특성

 그 특별한 아이를 일방적인 이론의 관점에서가 아니라 모든 가능한 관점에 입각해서 관찰한다면, 우리는 그 아이가 같은 또래나 동시대의 사람들 중에서 가장 재기발랄한 인간이라고 과감히 말할 수 있습니다. 그리고 그 말은 아마도 그 아이에 대해서 전반적으로 우리가 할 수 있는 최상의 말이 될 것입니다. 그리고 다음과 같은 말이 적지 않게 언급됩니다. "도대체 조화로움을 갖춘 두 살배기 아이를 얼마나 찾을 수 있겠는가?" 아이가 이룬 내적인 완성에 대한 많은 강력한 증거 중에서도 가장 강력한 것은 빌헬미네의 명랑한 자기만족입니다. 식사를 하고 나면 아이는 작은 두 팔을 날개처럼 벌려 식탁 위에 올려놓고 매우 진지하게 작은 머리를 받치고는 눈을 크게 뜬 채 둥글게 둘러앉아 있는 가족에게 약삭빠른 눈길을 보내곤 합니다. 그러고 나서 아이는 매우 생기발랄하고 아이러니한 표정으로 자기 자신의 영리한 행동과 우리의 열등한 행동을 보며 미소를 짓습니다. 전반적으로 아이는 자주 익살을 부리는데, 익살에 대한 상당한 감각도 가지고 있습니다. 내가 빌헬미네의 몸짓을 따라 하면 아이는 곧바로 나의 그 몸짓을 따라 합니다. 이런 식으로 우리는 흉내 언어를 만들어서 연극의 상형문자로 서로를 이해합니다. 나는 아이가 철학보다는 포에지poésie에 소질이 뛰어나다고 생각합니다. 말하자면 빌헬미네는 마차를 타고 다니는 것을 더 좋아하며 필요한 경우에만 걸어 다닙니다. 우리 북구 언어의 딱딱한 발음이 아이의 혀 위에서는 이탈리아풍이나 인도풍의 부드럽고 달콤한 아름다운 소리로 변합니다. 아이는 모든 아름다운 것과 더불어 특히 운율을 사랑합니다. 아이는 자신이 좋아하는 모든 이미지들을, 말하자면 작은 즐거움 중에서 고전적으로 선택한 이미지들을 종종 전혀 지치지 않고 끊임없이 반복해서 말하고 노래합니다. 포에지는 온갖 종류의 사물이 피어난 것을 가벼운 화환으로 엮습니다. 빌헬미네도 지역, 시기, 사건, 인물, 장난감, 음식 등 많은 말과 이미지를 모두 낭만적 혼돈 속에 뒤죽박죽 섞어서 이름을 붙이고 운을 맞춥니다. 그리고 그러한 일에는 부차적인 어떤 설명도 인위적인 어떤 전환도 없습니다. 그런 것들은 결국 이해력에만 도움이 될 뿐이며, 상상력의 모든 대담한 비상을 저해할 것입니다. 빌헬미네의 상상에는 모든 것이 본성 속에 생생하게 살아 있으며 영혼이 깃들어 있습니다. 나는 지금도 가끔씩 아이가 한 살 정도 되었을 때 처음으로 인형을 보고 느끼던 모습을 흐뭇한 마음으로 회상합니다. 천사와 같은 미소가 아이의 작은 얼굴에 피어났으며, 아이는 나무로 채색된 목각 인형의 입술에 애정 어린 입맞춤을 했습니다. 확실합니다! 자기가 사랑하는 모든 것을 먹으려 하며, 새롭게 만나는 모든 것들을 가능한 한 처음의 구성 성분으로 분해하기 위해서 직접적으로 입으로 가져가려는 성질은 틀림없이 인간의 본성에 깊이 내재되어 있습니다. 건전한 지식욕은 대상의 가장 깊은 내면을 뚫고 들어가 물어뜯어 볼 수 있을 정도까지 그 대상을 완전히 파악하고 싶어 합니다. 반면에 손으로 만지는 것은 외면적인 피상성에만 머무르며, 손으로 파악하는 모든 것은 불완전하고 간접적인 인식만을 줄 뿐입니다. 그럼에도 불구하고 재기발랄한 한 아이가 자신의 이미지를 관찰할 때 손으로 그것을 파악하려 하고 하나부터 열까지 시종일관 이러한 이성의 더듬이로 더듬어 알려고 노력하는 모습은 흥미 있는 볼거리입니다. 그 작은 이방인은 수줍어하며 기어가 숨어버리고, 어린 철학자는 관찰을 시작한 대상을 바로 뒤에서 꾸준히 뒤쫓습니다.

물론 어린아이의 재기와 재치, 독창성은 어른들의 경우와 마찬가지로 매우 드문 편입니다. 하지만 이것들 모두와 많은 다른 것들은 이 글에 어울리지 않습니다. 그것들은 내가 의도하는 것의 경계 너머로 나를 이끌 것입니다! 왜냐하면 아름답고 우아한 삶의 지혜를 담은 이러한 작은 예술 작품 속에서 예의 범절의 민감한 선을 결코 벗어나지 않도록 하기 위해서, 그리고 아직도 내가 누리고자 하는 모든 자유와 뻔뻔스러운 행위를 그대가 먼저 용서해주거나 적어도 더 높은 관점에서 판단하거나 인정할 수 있게 하기 위해서, 이 성격 묘사는 내가 계속 눈앞에 두고 보고자 하는 이상적인 것만을 그려야 하기 때문입니다.

내가 어린아이들에게서 도덕성을 찾는다면, 무엇보다도 어린 여자아이의 생각과 말에서 부드러움과 우아함을 찾는다면 내가 잘못된 것일까요?

그런데 이제 보십시오! 이처럼 사랑스러운 빌헬미네는 입고 있는 치마도 세상의 판단도 상관하지 않고, 누워서 작은 발을 높이 쳐드는 동작에서 종종 말할 수 없는 만족감을 느낍니다. 빌헬미네가 하는 그런 행동을, 하느님 맙소사, 내가 성인 남자이고 가장 부드러운 여성적 존재인 그 아이보다 더 부드러울 필요가 없기 때문에 나는 해서는 안 되는 건가요?

오, 그렇게 부러울 정도로 선입견으로부터 자유롭다니! 사랑하는 여인이여, 내가 때때로 그대에게서 저주스러운 의복을 찢어내어 아름다운 무질서 상태로 흩뿌렸듯이, 그대 또한 그러한 선입견을 벗어던지고 그릇된 수치심의 모든 찌꺼기를 버리십시오. 그리고 나의 삶을 담은 이 작은 소설*이 그대에게는 너무 분방하게 보일지도 모르지만, 이것을 어린아이라고 생각하여 어머니와 같은 자애로운 마음으로 소설의 순진한 방종을 참아주시고 소설의 애무에 당신을 맡겨보십시오.

만일 그대가 알레고리의 일반적인 함축성과 개연성에 대해서 그렇게 까다롭지 않게 생각하고, 이와 더불어 미숙한 자의 고백에서 요구되는 것과 같은 정도의 미숙함이 서술에서 나타나는 것을 인정해준다면, 나는 이곳에서 최근에 꾸었던 나의

---

* '이 작은 소설dieser kleine Roman'이란 바로 어린 빌헬미네이며 동시에 이 소설 자체를 의미한다고 볼 수 있다. 따라서 여기에서 설명하고 있는 어린 빌헬미네의 특성은 또한 이 소설의 특성이기도 하다.

꿈 중 하나를 이야기하고 싶습니다. 왜냐하면 그것도 어린 빌헬미네의 특성을 묘사한 것과 매우 비슷한 결과를 보여줄 것이기 때문입니다.

뻔뻔함의 알레고리

나는 잘 꾸민 정원의 둥근 화단 옆에 태평스럽게 서 있었습니다. 화단에는 국내산과 외국산의 화려한 꽃들이 혼란스럽게 뒤섞여 찬란하게 피어 있었습니다. 나는 강렬한 향기를 들이마시고 다채로운 색채를 즐겼습니다. 그런데 갑자기 못생긴 괴물이 꽃들 한가운데에서 튀어나왔습니다. 그 괴물은 독이 올라부어 있는 것처럼 보였고, 투명한 피부는 온갖 다양한 색을 띠고 있었으며, 달팽이처럼 내장이 감겨 있는 것이 보였습니다. 그 괴물은 공포를 불러일으킬 만큼 컸습니다. 그때 갑자기 괴물은 사방으로 집게발들을 펼치고는 바로 개구리처럼 폴짝폴짝 뛰었습니다. 그러고 나서 괴물은 다시 수없이 많은 작은 발로 역겨운 움직임을 보이며 기어갔습니다. 나는 놀라서 몸을 돌렸습니다. 그러나 그 괴물이 나를 따라오려고 했기 때문에, 나는 용기를 내어 힘차게 한 방을 갈겨서 그것을 뒤로 벌러덩 넘어지게 만들었습니다. 그러자 그 괴물은 곧 내게 평범한 개구리처럼 보였습니다. 나는 적잖이 놀랐습니다. 누군가가 뒤에서 갑자기 말을 건넸을 때는 더더욱 놀랐습니다. "그는 공식적인 견해*이며 나는 위트라네. 자네가 거짓으로 만든 친구들인 저 꽃들은 이미 전부 시들었어." 나는 주위를 둘러보고 중키에 남자 모습인 한 인물을 발견했습니다. 고상한 얼굴의 이목구비는 우리가 종종 로마의 흉상들에서 보는 것처럼 정교했으며 과장된 느낌이었습니다. 맑은 눈에서 친근한 불꽃이 타올랐으며, 특이하게도 두 가닥의 긴 곱슬머리가 내려와 시원한 이마를 덮고 있었습니다. 그가 말했습니다. "내가 자네를 위해 옛 연극을 새롭게 만들어보겠네. 기로에 서 있는 몇 명의 젊은이에 대한 이야기야. 나 자신은 한가한 시간에 신적인 상상력으로 그들을 만들어내는 일이 노력할 만한 가치가 있다고 생각한다네. 그들이야말로 진정한 소설들인데, 그 수는 넷이고 우리처럼 불멸의 존재지." 나는 그가 가리키는 곳을 바라보았습니다. 한 명의 멋진 젊은이**가 거의 옷을 입지 않은 채로 초록빛 평원 위를 나는 듯이 내달리고 있었습니다. 그는 이미 멀리 있어서, 나는 그가 말 위에 앉아 흔들리는 채로 부드러운 저녁 바람을 앞질러서 내달리며 바람이 느린 것을 비웃는 듯이 서둘러 떠나가는 모습만을 겨우 바라보았습니다. 언덕 위에 거인처럼 거대하며 고귀한 모습의 한 기사***가 완전무장을 한 채로 나타났습니다. 그러나 그의 의미심장한 눈매와 격식을 차리는 움직임

---

* 앞서 등장한 괴물의 이름이다.

** 환상적인 소설fantastischer Roman을 나타낸다.

*** 감상적인 소설sentimentaler Roman을 나타낸다.

속에서 드러나는 진정한 친근감과 함께, 균형 잡힌 몸과 단정한 모습은 그에게 일종의 우아함을 부여해주었습니다. 그는 지는 해를 향해 몸을 굽히고 천천히 무릎을 꿇었습니다. 오른손은 가슴에, 왼손은 이마에 얹고 있는 모습이 매우 열렬히 기도를 하는 것처럼 보였습니다. 조금 전만 해도 그처럼 빨리 내달리던 그 젊은이는 이제 언덕 위에 조용히 누워서 마지막 햇볕을 쬐고 있었습니다. 그러더니 벌떡 일어나 옷을 벗어던지고는 강물 속으로 뛰어들었습니다. 그리고 물결을 타며 놀았습니다. 물속으로 들어갔다가 나오더니 또다시 강물에 몸을 맡겼습니다. 저 멀리 숲의 어둠 속에 그리스풍의 예복을 입은 사람처럼 보이는 무엇인가*가 서성이고 있었습니다. 그러나 그것이 실체라면 결코 이 세상의 존재가 아닐 것이라고 나는 생각했습니다. 색채들은 흐릿했으며 전체적인 모습은 성스러운 안개 속에 감추어져 있었습니다. 오랫동안 좀더 주의 깊게 바라보자 그것 또한 한 명의 젊은이처럼 보였습니다. 그러나 완전히 다른 부류의 젊은이처럼 보였습니다. 키 큰 모습의 그 형상은 머리와 팔을 항아리에 기대고 있었습니다. 그의 진지한 눈빛은 한편으로는 땅에서 잃어버린 물건을 찾고 있는 듯했고, 다른 한편으로는 이미 희미하게 빛나기 시작하는 창백한 별들에게 무엇인가를 묻고 있는 듯했습니다. 부드러운 미소가 맴돌던 입술 사이로 한숨이 흘러나왔습니다.

　그러는 사이에 관능적인 첫번째 젊은이는 외로운 육체 운동

---

* 철학적인 소설philosophischer Roman을 나타낸다.

에 싫증이 나서 가벼운 걸음으로 우리를 향해 똑바로 서둘러 왔습니다. 그는 이제 완전히 옷을 입은 상태였습니다. 마치 양치기처럼 입었지만 매우 다채롭고 특이했습니다. 그런 차림이라면 가장무도회에 가도 될 것 같았습니다. 더구나 그는 왼손 손가락으로 가면에 달려 있는 실을 가지고 놀고 있었습니다. 환상적인 모습의 그 소년은 즉흥적으로 변장한, 방자한 소녀로 오인할 수도 있었습니다. 이때까지 그는 똑바로 걸어왔지만 갑자기 걷는 방향이 불확실해졌습니다. 처음에 그는 한쪽을 향해 걸었지만 갑자기 다른 쪽으로 급히 되돌아갔습니다. 걷는 내내 그는 자기 자신을 비웃었습니다. 나와 함께 있던 사람이 말했습니다. "저 젊은이는 뻔뻔함이*를 따라야 할지, 우아함이를 따라야 할지 알지 못하는군." 나는 왼쪽에 아름다운 여인과 소녀의 무리가 있는 것을 보았습니다. 오른쪽에는 키 큰 여인이 홀로 서 있었는데, 나는 그녀의 인상적인 자태를 보려고 했습니다. 그러다가 그녀의 시선과 마주쳤는데, 그 시선이 너무나 날카롭고 대담해서 나는 눈을 내리깔았습니다. 숙녀들에게 둘러싸인 한 젊은이**가 있었는데, 나는 그가 다른 소설의 형제라는 것을 바로 알아보았습니다. 사람들이 현재 보고 있는 것과 같은 종류의 소설들 중 하나였습니다. 그러나 그는 훨씬 더 교

---

* 여성으로 의인화된 존재인데, 이후 사람의 성격이나 품성을 나타내는 단어가 계속 여성으로 의인화되어 나타난다. 뻔뻔함은 내숭을 떨지 않고 감정을 솔직하게 드러낸다는 점에서 슐레겔의 낭만주의 미학에서 긍정적인 요소로 작용한다.

** 심리학적인 소설psycologischer Roman을 나타낸다.

양이 있어 보였습니다. 그의 자태와 얼굴은 아름답지는 않았지만 우아하고 매우 이성적이며 굉장히 매력적이었습니다. 그는 독일인으로 볼 수도 있고, 프랑스인으로 볼 수도 있었습니다. 그의 옷차림과 태도는 매우 수수했지만 세심했고 완전히 현대적이었습니다. 그는 무리의 여인들과 대화를 나누었으며, 모든 여인들에게 매우 적극적인 관심을 가지고 있는 것 같았습니다. 소녀들은 가장 고상한 숙녀 주위에서 매우 활발하게 행동하며 서로서로 많은 수다를 떨었습니다. 한 소녀가 말했습니다. "친애하는 도덕아, 나는 감수성을 너보다 더 많이 갖고 있어! 내 이름은 영혼인데, 좀더 정확하게 말하자면 아름다운 영혼이라고 해." 도덕이라는 이름의 소녀는 약간 창백해졌으며 거의 눈물을 흘릴 것 같았습니다. 그녀가 말했습니다. "그런데 어제는 내 덕성이 아주 풍부했었어. 그리고 노력을 해서 점점 더 발전하고 있지. 나는 나 자신의 비난만으로도 충분하다고 생각해. 내가 왜 너한테서까지 그런 말을 들어야 하니?" 겸손이라는 이름의 소녀가 자칭 아름다운 영혼이라고 하던 소녀에게 질투를 느끼며 말했습니다. "나는 너에게 화가 나. 너는 나를 수단으로 이용만 하려고 드는구나." 불쌍한 공식적인 견해가 무력하게 등을 대고 누워 있는 모습을 본 예절이라는 소녀가 두 방울 반의 눈물을 흘렸습니다. 그러고 나서 이제는 눈이 젖어 있지 않은데도 눈물을 닦으려는 듯한 흥미로운 행동을 했습니다. 위트가 말했습니다. "솔직하게 말할 테니 놀라지 마시오. 그것은 일상적인 것도, 임의적인 것도 아닙니다. 전능한 상상력이 이런 본질도 없는 그림자들의 내면을 밝히기 위해 마술 지팡이로 건드렸어요. 그대는 곧 더 많은 것을 듣게 될 겁니다. 그러나 뻔뻔함이는 자유의지가 이끄는 대로 말하지요."

우아함이라는 이름의 소녀가 말했습니다. "저기 저 젊은 몽상가는 정말로 나를 즐겁게 해주려고 해. 그는 언제나 나를 위해 아름다운 시를 지어줄 거야. 나는 기사와 마찬가지로 그와는 거리를 두려고 해. 기사는 진지하고 정중해 보이지만 않는다면 정말로 멋질 텐데. 모든 사람들 중에서 가장 영리한 사람은 아마도 지금 겸손이와 얘기를 하고 있는 저기 저 멋쟁이일 거야. 나는 그가 겸손이를 조롱하고 있다고 생각해. 적어도 그는 도덕이에 대해서, 그리고 그녀의 무미건조한 얼굴에 대해서 좋은 말을 많이 했어. 그러나 그는 나와 가장 많은 말을 했지. 그리고 내가 마음을 바꾸지 않거나 또는 훨씬 더 유행에 민감한 남자가 나타나지 않는다면, 어쩌면 그는 언젠가는 내 마음을 빼앗을 수도 있을 거야." 기사가 이제 여인들의 무리에 가까이 다가왔습니다. 그는 왼손을 커다란 칼의 손잡이에 얹고 오른손으로 그곳에 있는 사람들에게 공손히 인사를 했습니다. "그런데 당신들은 모두 평범하군요. 저는 그래서 따분합니다." 유행에 민감한 그 사람은 그렇게 말하고 하품을 하더니 가버렸습니다. 나는 처음 보았을 때 아름답다고 느꼈던 여인들이 본래 한창 젊고 처신만 잘할 뿐이지, 그 밖에는 별다른 특별할 것 없는 존재라는 사실을 이제 알게 되었습니다. 면밀하게 살펴보았다면 비천한 특징과 타락의 흔적까지도 찾을 수 있었을 것입니다. 뻔뻔함이는 이제 그리 거슬려 보이지 않았습니다. 나는 그녀를 대담하게 쳐다볼 수 있었습니다. 그리고 놀랍게도 그녀의 교양이 훌륭하고 고상하다는 사실을 스스로 인정해야만 했습니다. 그녀는 아름다운 영혼이에게 급히 다가가서 그녀의 얼굴을 잡고 말했습니다. "이 얼굴은 단지 가면일 뿐이야. 너는 아름다운 영혼이 아니라 기껏해야 섬세함이며, 또한 때로는 애교일 뿐이야." 그러고 나서 그녀는 위트에게로 몸을 돌리더니 다음과 같이 말했습니다. "지금 소설이라고 하는 자들을 당신이 만들었더라면 당신의 시간이 좀더 유익했을 텐데요. 나는 때때로 가장 훌륭하다고 하는 소설들 속에서 덧없는 삶을 그린 가벼운 포에지의 흔적조차 발견하지 못합니다. 사랑에 미친 마음을 담은 대담한 음악은, 모든 것을 감동시켜 야수까지도 다감한 눈물을 흘리게 하고 영원한 바위조차도 춤을 추게 만드는 그런 음악은 어디로 달아났을까요? 사랑이에 대해 떠벌리는 사람은 누구나 어리석고 삭막한 사람입니다. 그러나 아직도 그녀를 알고 있는 사람은 그녀를 알리려는 마음과 믿음을 가지고 있지 않습니다." 위트가 웃었고, 멋진 젊은이가 멀리서 박수갈채를 보냈습니다. 그러자 뻔뻔함이가 계속 말했습니다. "정신적인 면에서 무능력한 사람들이 정신이와 합심하여 자식을 만들려 한다면, 그리고 삶을 전혀 이해하지 못하는 사람들이 감히 살아가려 한다면, 그것은 굉장히 무례한 일일 것입니다. 왜냐하면 그것은 너무나 부자연스럽고 부적당하기 때문입니다. 그러나 포도주가 거품을 내고 번갯불이 번쩍거리는 것은 아주 마땅하고 타당한 일입니다." 가벼운 소설이 이제 결정을 내렸습니다. 뻔뻔함이가 말할 때 그는 이미 그녀의 주변에 다가와 있었고, 완전히 그녀에게 빠져 있는 것처럼 보였습니다. 뻔뻔함이는 가벼운 소설과 함께 팔짱을 끼고 그곳을 떠났습니다. 그리고 지나갈 때 기사에게 말했습니다. "또 만나게 되겠지요." 내 보호자가 말했습니다. "저것은 단지 겉으로 드러난 모습에 불과할 뿐이라네. 그리고 자네는 곧 자네 속에서 내면적인 것을 보게 될 걸세. 덧붙여 말하자면 나는 진정한 사람이며 진정한 위트라네. 그 말을 나는 무한히 팔을 뻗지 않고* 나 자신을 걸고 그대에게 맹세하지." 모든 것이 이제 사라졌습니다. 그리고 위트도 계속 자라나고 늘어나 더 이상 존재하지 않게 되었습니다. 내 앞에도 내 밖 어디에도 더 이상 위트는 없었지만, 아마도 내 안에서 다시 발견하게 될 것이라고 나는 생각했습니다. 위트는 나 자신의 일부이나 나와는 다르고, 스스로 살아 있으며 독자적인 존재입니다. 하나의 새로운 의미가 내게 나타난 것 같았습니다. 내 안에서 많은 부드러운 빛을 발견했습니다. 나는 나의 내면으로 되돌아갔습니다. 그리고 새로운 의미로 들어가서 그것이 갖고 있는 경이로운 모습을 보았습니다. 새로운 의미는 내면을 향하고 있는 정신적인 눈처럼 그렇게 명료하고 분명하게 나타났습니다. 그것을 인지하는 것은 청각으로 감지하는 것처럼 친밀하고 부드러웠으며, 촉각으로 감지하는 것처럼 직접적인 것이었습니다. 나는 곧 다시 외부 세계의 광경을 인식했습니다. 그런데 그 세계는 더욱 순수하고 빛나 보였습니다. 위로는 하늘을 덮은 파란 망토가 있고, 아래

---

* 신은 무한히 팔을 뻗을 수 있으나 자신은 무한히 팔을 뻗을 수 없는 진정한 사람의 입장에 있다는 의미에서 한 말로 볼 수 있다.

로는 풍요로운 대지를 덮은 초록빛 양탄자가 있었습니다. 양탄자 위는 곧 기뻐하는 형상들로 가득 찼습니다. 왜냐하면 내가 깊은 내면에서 원하기만 했던 것들이, 그것이 무엇인지 명확하게 생각하기도 전에 사람으로 형상화되어 살아나 이곳으로 몰려왔기 때문입니다. 그리하여 나는 사랑과 환락의 거대한 카니발에 참가한 사람들처럼 놀라운 가면들을 쓰고 있는, 내가 알거나 또는 모르는 사랑스러운 사람의 형상들을 만났습니다. 진기하고 다양한 모습과 무절제한 모습에서 위대했던 고대의 가치를 느낄 수 있는, 마음속의 새턴 축제*에 온 것 같았습니다. 그러나 이러한 정신적인 향연에 그리 오래 도취되지는 않았습니다. 완전히 마음속에 있는 이러한 세계는 전기 충격을 당한 듯 갑자기 붕괴되어버렸고, 나는 어디서 어떻게 알게 되었는지 모르는 다음과 같은 낯익은 말을 들었습니다. "송두리째 없애버리고 창조하라. 그리하면 영원한 정신이 시간과 삶의 영원한 흐름 위를 영원히 떠돌 것이며, 그 정신은 흐름 속에 녹아들기 전의 물살들이 보여주던 대담한 각각의 모습들을 인식하게 될 것이다." 이러한 환상의 음성은 무서울 정도로 아름답고 매우 낯설게 들렸습니다. 그러나 나를 겨냥해서 말하는 듯 비교적 부드러웠으며, 다음과 같은 말이 더 이어졌습니다. "신의 내적 본질이 밝혀지고 서술되며, 모든 신비가 드러나고 두려움이 사라지는 그런 때가 되었다. 네 자신을 바쳐 자연만

---

* 주로 농경사회인 로마에서는 농경신인 새턴(사투르누스)을 기리기 위해 12월 말에 성대한 축제를 열었다. 이것이 시기적으로는 크리스마스에, 내용적으로는 카니발에 영향을 주었다고 한다.

이 숭배할 만한 가치가 있으며 건강만이 사랑할 만한 가치가 있다는 것을 선포하라." 신비스런 말 가운데서 "때가 되었다"는 한마디 말이 천상의 불꽃 파편처럼 내 영혼에 떨어졌습니다. 그것은 나의 골수를 태워 소진시켰습니다. 그것은 자신을 표현하기 위해 사력을 다했으며 폭풍우가 몰아치듯 움직였습니다. 선입견을 무기처럼 든 열정 때문에 일어난 혼잡한 싸움에 가담하여, 사랑과 진리를 위해 싸우려고 나는 무기를 잡으려고 했습니다. 그러나 그곳에는 어떤 무기도 없었습니다. 나는 사랑과 진리를 노래로 알리기 위해 입을 벌렸습니다. 나는 모든 존재가 그 노래를 들어야 하며, 온 세상은 다시 조화롭게 울려야 한다고 생각했습니다. 그러나 내 입술이 그러한 정신의 노래를 재현하는 기술을 배우지 않았다는 사실이 생각났습니다. "자네는 그 불멸의 불꽃을 순수하게 원초적인 모습으로 알리려 해서는 안 되네." 내 친근한 동행자의 낯익은 목소리가 들렸습니다. "새로운 이혼과 결혼이 영원히 교체되는 세계와 그 세계의 영원한 모습들을 만들고 창안하고 변형시키고 보존하게. 정신을 글자 속에 감추고 가두게. 진정한 글자는 전능한 것이며 본래가 마술 지팡이라네. 그것은 수준 높은 여자 마법사의 억제할 수 없는 의지인 환상이 자연의 숭고한 혼돈을 만질 수 있도록 해주는 글자라네. 그리고 신성한 정신의 거울이자 이미지이며 죽음을 초월할 수 없는 존재들이 우주라고 부르는 무한의 언어를 빛 속으로 나오도록 불러내는 것이라네."

여성의 옷이 남성의 옷에 비해 장점을 갖고 있듯이 여성의 정신 또한 남성의 정신에 비해 장점을 갖고 있기 때문에, 한 번의 과감한 판단으로 문화와 시민적 관습의 모든 편견을 뛰어넘을 수 있으며, 단번에 순수한 마음 한가운데로, 그리고 자연의 품속으로 들어설 수 있습니다.

그러므로 사랑의 수사학이 자연과 순수함에 대한 변호를 모든 여인에게 하는 것이 아니라면, 누구에게 해야 한단 말입니까? 여인의 부드러운 가슴속에는 신성한 관능의 성스러운 불꽃이 비밀스럽게 깊이 깃들어 있습니다. 그것은 비록 황폐해지고 훼손될지언정 결코 완전히 꺼지지는 않을 것입니다. 물론 여인 다음으로는 그것이 청년에게 있을 수도 있고, 아직 젊은 티가 남아 있는 남성에게 있을 수도 있습니다. 그러나 이들의 경우에는 이미 커다란 차이가 존재합니다. 우리는 디드로*가 육체의 감각이라고 부르는 것을 갖고 있는 자와 갖고 있지 않은 자로 모든 청년을 구분할 수 있을 것입니다. 그것은 정말로 진기한 재능입니다! 능력과 통찰력을 갖추고 있는 많은 남성 화가들이 전 생애에 걸쳐 그것을 얻기 위해 헛된 노력을 합니다. 그리고 수많은 남성성의 거장들이 그것에 대한 희미한 개념조차 얻지 못한 채 생을 마감합니다. 평범한 길로는 그곳에 갈 수 없습니다. 방탕아는 일종의 취향인 허리띠를 끄르는 방식으로 그것을 이해할 수도 있습니다. 그러나 남성의 힘을

---

* Denis Diderot(1713~1784): 18세기 프랑스의 대표적인 계몽주의 사상가이며 철학자이자 문학자이다. 그는 다른 계몽주의 사상가들과는 달리 감각적인 즐거움을 추구하는 성행위를 옹호했다.

비로소 아름다움으로 만들어주는 관능적인 쾌락에 대한 수준 높은 예술적 감각은 오직 사랑만이 청년에게 가르칠 수 있습니다. 그것은 감정의 전류이지만 동시에 내적으로는 고요하고 나지막하게 귀를 기울이는 것이며, 외적으로는 민감한 눈이 너무나 분명하게 느낄 수 있는 회화에서의 밝은 부분처럼 맑고 투명하게 보이는 것입니다. 그것은 모든 감각의 놀라운 혼합이며 조화입니다. 음악 속에도 완전히 소박하고 순수하며 깊은 악센트가 존재합니다. 그것을 귀로 들을 수는 없지만 감정이 사랑을 목말라할 때 사랑을 마시는 듯한 느낌을 주는 그런 것입니다. 그러나 이 이상으로는 육체의 감각을 더 정의할 수 없습니다. 또한 그럴 필요도 없습니다. 육체의 감각은 청년들이 사랑의 기술에서 이루는 첫번째 단계이며, 여성들의 천부적인 재능이라는 것은 언급된 것만으로도 충분히 알 수 있습니다. 청년들은 여성의 총애와 호의에 의해서만 그것을 전달받고 배울 수 있습니다. 그것을 알지 못하는 불행한 자들과는 사랑에 대해 말할 필요가 없습니다. 왜냐하면 남자들은 천성적으로 사랑에 대한 욕구는 있지만 개념이 없기 때문입니다. 두번째 단계는 이미 어떤 신비스러운 면을 가지고 있으며, 모든 이상과 마찬가지로 불합리한 것으로 보이기 쉽습니다. 사랑하는 사람의 내적인 요구를 완전히 충족시키거나 만족시킬 수 없는 남자는 도대체 자신이 어떤 존재이며 어떤 존재가 되어야 하는지를 전혀 알지 못합니다. 그런 남자는 본래 무능하며 어떠한 결혼도 정당하게 할 수 없습니다. 확실히 유한한 것은 아무리 위대하더라도 무한한 것 앞에서는 사라지며, 아무리 의지가 훌륭하더라

도 폭력으로 그 문제를 해결할 수는 없습니다. 하지만 환상을
품고 있는 사람은 누구라도 환상을 주고받을 수 있으며, 환상
이 있는 곳에서는 사랑에 빠진 사람들이 사치를 위한 궁핍을
기꺼이 감수합니다. 그들의 길은 내면을 향하고 있고, 그들의
목표는 강렬한 무한성이자 무수하고 한량없는 불가분리성입니
다. 그들은 환상의 마술이 모든 것을 대신해줄 수 있기 때문에
아쉬워할 필요가 없습니다. 그러나 이러한 비밀에 대해서 더
이상 말하지 마십시오! 가장 높은 세번째 단계는 조화로운 따
스함이 깃들어 있는 감정입니다. 이러한 감정을 가지고 있는
청년은 더 이상 남자다운 사랑만을 하지 않고 여자다운 사랑
도 동시에 합니다. 그의 내면에서 인간성이 완성되고 그는 삶
의 정점에 올라섭니다. 남자들은 본래가 뜨겁기만 하거나 차
갑기만 한 존재이기 때문에 따스함을 우선적으로 배워야 합니
다. 그러나 여자들은 태어날 때부터 감각적으로나 정신적으로
나 따스하며 모든 종류의 따스함에 대한 감각을 가지고 있습
니다.

자유분방한 이 작은 책이 언젠가 발견되고 출판되어 읽히게
된다면, 이 책은 아마도 틀림없이 모든 행복한 청년들에게 대
체로 동일한 인상을 줄 것입니다. 단지 성숙의 단계에 따라서
만 달라질 것입니다. 이 책은 첫번째 단계의 청년들에게는 육
욕의 감각을 불러일으킬 것이며, 두번째 단계의 청년들을 완전
히 만족시켜줄 것이고, 세번째 단계의 청년들에게는 따스함만
을 느끼게 해줄 것입니다.

여성들에게는 완전히 다르게 나타날 것입니다. 여성들 중에

는 미숙한 사람이 아무도 없습니다. 왜냐하면 여성들은 모두 자신의 내부에 이미 사랑을 갖고 있기 때문입니다. 우리 청년들은 이러한 사랑의 무궁한 본질에 대해서 언제나 조금씩 더 배우고 이해할 뿐입니다. 사랑은 이미 피어났건 또는 아직 싹으로 머물러 있건 똑같은 것입니다. 전혀 경험이 없는 상태의 소녀도 이미 모든 것을 알고 있습니다. 아직 사랑의 섬광이 그녀의 부드러운 자궁에 불을 붙이기 전이라도, 그리고 닫혀 있는 꽃봉오리가 열락의 꽃받침까지 완전히 피어나기 전이라도 그녀는 이미 모든 것을 알고 있습니다. 꽃봉오리가 감각을 가지고 있다면 꽃의 예감은 자신의 의식보다 더 분명히 그 내면에 존재하지 않겠습니까?

그러므로 여성의 사랑에는 성숙의 정도나 단계가 없습니다. 게다가 보편적인 것은 전혀 없고 그 대신 개별적인 것과 특별한 유형들이 무수히 많습니다. 아무리 린네*라고 하더라도 삶의 위대한 정원에 있는 아름다운 식물들을 분류하고 훼손할 수는 없습니다. 신들의 총애를 받은 자만이 놀라운 신의 식물학을 이해합니다. 오로지 그런 자만이 식물의 감추어진 힘과 아름다움을 알아내고 인식하며, 그 식물은 언제 꽃을 피우고 어떠한 토양을 필요로 하는지를 간파하는 그런 신성한 기술을 이해합니다. 세계가 시작되거나 인류가 시작된 바로 그곳에 또한 독창성의 진정한 중심이 있습니다. 그리고 어떤 현자도 여성성

---

* Carl von Linné(1707~1778): 스웨덴의 식물학자로 생물분류학의 기초를 세우는 데 결정적인 기여를 함으로써 '생물분류학의 아버지' 또는 '현대 식물학의 시조'로 불린다.

의 깊이를 한 번도 제대로 파헤치지 못했습니다.

그런데 한 가지 사실이 여자들을 크게 두 부류로 나눌 수 있을 것 같습니다. 말하자면 여자들이 감각과 본성과 자신과 남성성을 존중하고 경애하는지, 아니면 이러한 진정한 내면의 순수를 잃어버리고 나중에는 후회하게 될 향락을 마음속에 이는 거부감에 아주 무감각해질 때까지 추구하는지 하는 것입니다. 그것은 물론 많은 여자들에게 일어나는 이야기입니다. 처음에 여자들은 남자들을 기피합니다. 그러다가 하찮은 남자들에게 희생됩니다. 그 남자들은 곧 그녀들에게 싫증을 내거나 그녀들을 기만합니다. 그러면 여자들은 자기 자신과 여성의 숙명까지도 멸시하게 됩니다. 그러한 여자들은 자신의 한정된 경험을 보편적인 것으로 여겨 모든 다른 경험들까지도 가소로운 것으로 생각합니다. 자신들이 다람쥐 쳇바퀴 돌듯 살고 있는 저급하고 하찮은 좁은 세상이 그들에게는 전 세계가 됩니다. 그들은 다른 세계도 존재할 수 있다는 생각을 결코 하지 못합니다. 이러한 여자들에게 남자란 인간이 아닌 그저 그런 남자, 다시 말하자면 성가시지만 또한 권태를 막기 위해 유감스럽게도 꼭 필요한 하나의 고유한 종種일 뿐입니다. 그렇다면 여자들도 하나의 종, 즉 남성 종과 마찬가지로 독창성도 사랑도 없는 하나의 종일 뿐입니다.

그러나 그녀들이 고쳐지지 않았다고 해서 고칠 수 없는 것일까요? 여인에게 얌전한 척하는 것보다 더 부자연스러운 것은 분명히 명백하게 없다고 나는 생각합니다. 그것은 어떤 내적인 분노 없이는 결코 생각할 수 없는 일종의 악습입니다. 그리고 부자연스러운 것보다 더 참기 어려운 것도 없다고 생각합니다. 그래서 나는 그것의 경계를 짓고 싶지도 않고, 여자들을 고칠 수 없는 존재로 여기고 싶지도 않습니다. 나는 지속적이고 특징적인 행동이라는 느낌이 들 정도로 여자들이 부자연스러운 행동을 아주 쉽고 태연스럽게 한다고 하더라도 결코 신뢰할 만한 것은 아니라고 생각합니다. 그것은 단지 겉모습일 뿐입니다. 사랑의 불꽃은 결코 끌 수 없습니다. 그리고 가장 깊은 잿더미 속에서도 불씨는 타고 있습니다.

이러한 성스러운 불씨를 일깨우고 편견의 재를 닦아내고, 그리고 순수하게 불타오르는 불꽃에 겸손한 제물을 바치는 것이 내 남성적 야심의 최고 목표일 것입니다. 내가 그대만을 사랑하는 것이 아니라 여성다운 모습 자체도 사랑한다는 것을 고백하게 해주십시오. 나는 여성다운 모습을 사랑할 뿐만 아니라 숭배합니다. 왜냐하면 내가 인간성을 숭배하기 때문이며 꽃이야말로 식물의 절정이자 식물의 자연미와 형태의 절정이기 때문입니다.

내가 되돌아간 종교는 가장 오래되고 가장 어린애다우며 가장 소박합니다. 나는 신성의 가장 뛰어난 상징으로 불꽃을 숭배합니다. 그리고 자연이 여성의 부드러운 가슴속에 깊이 가두어둔 불꽃보다 더 아름다운 불꽃이 어디 있겠습니까? 그대여, 베스타 여신*을 섬기는 신녀들이 없어도 감시하지 않아도 순수하게 타오르며 스스로를 지키는 그 불꽃을 하릴없이 바라보

---

* 벽난로나 화로를 관장하는 로마의 여신이다.

기 위해서가 아니라 그것을 해방시키고 일깨우고 정화하기 위해서 나를 신관에 임명해주시오.

그대가 알다시피 나는 도유 의식*을 치르지 않으면 글을 쓰거나 열광하지 않습니다. 그러나 그런 일은 소명이 없다면, 보다 정확히 말해 신의 소명을 받지 않는다면 일어나지 않습니다. 열린 하늘로부터 들려오는 소리를 통해 "너는 내가 사랑하는 아들, 내 마음에 드는 아들이다"**라는 위트의 말을 들은 사람이 해서는 안 될 일이 무엇인가요?─그리고 평생 모험을 하며 방랑하는 많은 고귀한 자들이 자신에 대해 "나는 행운의 사랑스런 아들이다"라고 말하는데, 나는 어찌하여 내 마음대로 나 자신에 대해서 "나는 위트의 사랑스런 아들이다"라고 말해서는 안 된단 말인가요?─

그런데 나는 본래 우연히 또는 임의로 이 환상적인 소설이 발견되어 대중 앞에 공개된다면, 이것이 여자들에게 주게 될 인상에 대해 말하려고 했습니다. 그리고 사실은 신관에 대한 나의 권리를 설명하기 위해서 내가 그대에게 매우 간결하게 예지와 예언에 대한 몇 개의 사소한 증거도 제시하지 못한다면, 그것 또한 정말로 부적절한 일이 될 것입니다.

모든 여인들이 나를 이해할 것이며, 풋내기 청년들보다 더 나를 오해하거나 악용하는 여인은 없을 것입니다. 많은 여인들

---

* 성유聖油를 바르는 종교 행위. 사람이나 사물에 기름을 붓거나 바르는 것은 그 사람이나 사물을 거룩하게 하기 위한 행위이다.

** 예수가 요르단강에서 세례자 요한에게 세례를 받을 때 하늘에서 들려온 음성이다. 「마태오의 복음서」 3장 17절, 「마르코의 복음서」 1장 11절 참조.

이 나보다 나를 더 잘 이해하겠지만, 나를 완전히 이해하는 여인은 단 한 명뿐입니다. 그리고 그 여인이 바로 당신입니다. 나는 모든 다른 여인들과는 당겼다가 밀어내는 일을 번갈아 하길 바랍니다. 종종 상처를 입히기도 했다가 그만큼 화해하기를 원합니다. 교양 있는 여인들의 인상은 각자 완전히 다르며, 완전히 고유할 것입니다. 그들이 존재하고 사랑하는 방식이 독자적인 것처럼 그만큼 고유하고 그만큼 다양할 것입니다. 클레멘티넨은 어쨌든 어떤 의미가 숨어 있을 수도 있고 일부분은 옳다고 느껴지는 어떤 특별한 것으로 보일 때만 그 전체를 흥미롭다고 생각할 것입니다. 사람들은 그녀가 거칠고 다혈질적이라고 말합니다만, 나는 그녀의 따뜻한 마음을 믿습니다. 외관상으로는 두 가지 성격이 모두 더 나빠지는 것처럼 보이지만, 그녀의 거친 성격은 나를 그녀의 다혈질적인 성격과 친숙하게 만들어줍니다. 그녀가 거칠기만 하다면 틀림없이 그녀는 차갑고 감정이 결핍되어 있는 듯 보일 것입니다. 그러나 다혈질적인 성격은 무엇인가를 뚫으려고 하는 성스러운 불꽃이 거기에 존재한다는 것을 보여줍니다. 그대는 그녀가 진지하게 사랑하는 사람을 어떻게 대할 것인가에 대해 쉽게 생각할 수 있을 것입니다. 연약하고 상처받기 쉬운 로자문데는 "수줍은 애정이 더욱 대담해지고 사랑의 내밀한 행위에서 오직 떳떳함만을 느낄 때까지" 종종 사랑을 바라보기도 하고 그만큼 외면하기도 할 것입니다. 율리아네는 사랑만큼 포에지도 가지고 있습니다. 다시 말하자면 재치만큼 열정도 가지고 있습니다. 그러나 사랑과 포에지는 그녀 안에서 서로 고립되어 있기 때문에 그것들이 대담하게 뒤섞여 있는 혼돈의 모습*을 보면 때때로 여자답게 놀랄 것이며, 전반적으로는 포에지가 좀더 많고 사랑이 좀더 적은 것을 원할 것입니다.

나는 이런 식으로 좀더 오랫동안 계속 말할 수도 있습니다. 왜냐하면 나는 온 힘을 다 해서 인간의 본성을 이해하기 위해 노력하고 있으며, 종종 나의 고독을 좀더 적당하게 사용하기 위해서는 이런저런 흥미 있는 여인이 이런저런 재미있는 상황에서 어떻게 존재하고 행동할 것인가에 대해 생각하는 것보다 더 좋은 방법이 없다는 것을 잘 알고 있기 때문입니다. 그러나 이제 충분합니다. 그렇지 않으면 그것이 그대에게 지나칠 수도 있으며, 이처럼 다각적인 것이 그대의 예언자를 곤란하게 만들 수도 있습니다.

나에 대해 그렇게 나쁘게 생각하지 마시고, 내가 그대를 위해서뿐만 아니라 현재를 함께 살아가고 있는 사람들을 위해서도 시를 짓는다는 사실을 믿어주십시오. 나를 믿어주십시오. 나는 오로지 내 사랑의 객관성에만 관심이 있습니다. 이러한 객관성과, 그리고 그 객관성에 관계된 모든 것들을 그야말로 글쓰기의 마술이 실증하고 형상화합니다. 그리고 나의 격정을 노래에 담아 발산하는 것이 마음대로 되지 않기 때문에 나는 아름다운 비밀을 조용한 펜 놀림에 맡겨야 합니다. 그러나 나는 글을 쓸 때 다음 세계에 대해서와 마찬가지로 현재 세계에

---

* 이러한 혼돈의 모습은 이 작품의 모습이며, 이 작품이 지향하고 있는 모습이기도 하다.

대해서도 그렇게 많이 생각하지 않습니다. 그런데도 내가 생각해야 하는 세계가 있어야 한다면 그것이 이전 세계이기를 바랍니다. 사랑은 그 자체로 영원히 새롭고 영원히 젊으면 좋겠지만, 사랑의 언어는 예전의 고전적인 풍속대로 자유롭고 대담하기를 바랍니다. 로마의 비가나 가장 위대한 국가의 가장 고귀한 자들보다 덜 정숙하고, 위대한 플라톤과 성스러운 사포*보다 덜 이성적이기를 바랍니다.

---

* Sappho: BC 610~580년경 소아시아 레스보스섬에서 활동한 유명한 서정 시인이다. 당시 레스보스에는 양갓집 여성들이 격식을 따지지 않고 만나 사교 모임을 가지며 한가하고 우아하게 즐기는 풍습이 있었다. 특히 시를 짓고 읊으면서 소일하는 경우가 많았다. 사포는 이런 모임 중 하나를 이끌었으며, 그녀의 작품은 주로 이러한 분위기에서 나타나는 애정, 질투, 증오 등을 다루고 있다.

게으름에 대한 전원시

"보시오, 나는 혼자 스스로 배웠으며 신은 내 영혼 속에 다양한 멜로디를 심어놓았소." 문학이라는 즐거운 학문에 대한 것이 아니라 신의 경지에 오른 게으름의 기술에 관한 이야기라면 나는 이렇게 대담하게 말해도 됩니다. 그렇다면 나는 게으름에 대해 나 자신이 아닌 어느 누구와 함께 생각하고 말을 해야 하는 건가요? 진정한 쾌락과 사랑의 고귀한 복음을 전하라고 수호신이 나를 부추기던 불멸의 시간에도 나는 나 자신에게 이렇게 말했습니다. "오, 게으름이여, 게으름이여! 그대는 순수와 감동으로 이루어진 생명의 공기로구나! 복된 자는 그대를 호흡하며, 그대를 소유하고 보호하는 자는 복이 있도다. 그대 신성한 보석이여! 낙원에서 우리에게 내려와 남아 있는, 신을 닮은 유일한 파편이여." 공허한 연애시를 읽으며 생각에 잠겨 있는 소녀처럼 나는 그렇게 스스로 내면의 대화를 하면서 시냇가에 앉아 있었습니다. 그리고 달아나는 물결을 바라보았습니다. 그러나 그 물결은, 나르키소스가 맑은 수면에 자신을 비추

어보고 아름다운 에고이즘에 빠지듯이, 그렇게 침착하고 고요
하며 정감 있게 달아나며 흘러갔습니다. 사념조차도 언제나 오
로지 공공의 이익에 대해서만 관심을 가질 정도로 내 본성이
그렇게 이타적이지도 않고 그렇게 실제적이지도 않았더라면,
그 물결은 정신을 내적으로 바라보는 일에 점점 더 깊이 몰두
하도록 나를 부추겼을 것입니다. 나의 마음은 안일하게 풀어지
고 온몸은 강렬한 더위에 녹초가 되었지만, 나는 또한 지속적
인 포옹의 가능성에 대해서도 진지하게 생각했습니다. 나는 함
께 있는 시간을 늘리는 방법을 생각했습니다. 그리고 그것이
이미 일어난 데다 변경할 수 없는 일이기 때문에, 이러한 운명
의 안배가 보여주는 희극적인 모습을 이전에 했던 것처럼 즐기
기보다는 갑작스러운 이별에 대한 유치할 정도로 애처로운 모
든 비가悲歌를 없애버릴 방법에 대해 생각했습니다. 긴장되어
있던 이성의 힘이 이상에 도달할 가능성이 없다는 사실 때문에
부서져 느슨해진 다음에야 비로소 나는 생각의 흐름에 몸을 맡
기고 모든 다채로운 동화에 기꺼이 귀를 기울였습니다. 내 가
슴속에 있는 매력적인 세이렌*이 동화의 욕망과 상상력으로
내 감각을 황홀하게 만들었습니다. 그 대부분의 이야기가 단지
아름다운 거짓말일 뿐이라는 사실을 잘 알고 있음에도 불구하
고, 나는 그 매혹적인 눈속임을 비판할 정도로 치사해지고 싶
지는 않았습니다. 환상의 부드러운 음악이 그리움의 틈새를 메

---

* 그리스 신화에 나오는 바다의 여신으로 아름다운 노래를 불러 뱃사람들을
유혹했다고 한다.

워주는 것처럼 보였습니다. 대단한 행운이 이번에 나에게 가져다준 그것을 나는 고마운 마음으로 받아들였으며, 앞으로도 우리 둘을 위해서 창의력을 발휘하여 다시 재현해야겠다고 결심했습니다. 그리고 그대를 위해 이러한 진실의 시를 지어야겠다고 다짐했습니다. 사랑과 자의恣意를 품은 놀라운 식물의 첫번째 싹이 이렇게 생겨났습니다. 따라서 그 싹은 또한 발아할 때와 마찬가지로 자유롭게 잘 크고 제멋대로 마구 자라나야 한다고 생각했습니다. 나는 정돈과 검소함을 사랑하는 저속한 마음 때문에 잎과 덩굴이 무성하게 덮여 있는 풍성한 그것을 가지치기하는 일은 결코 하지 않을 것입니다.

나는 마치 동양의 현자처럼 성스러운 명상을 하고 영원한 실체를 고요히 관조하는 일에, 특히 그대와 나의 실체를 관조하는 일에 완전히 빠져들었습니다. 대가들은 휴식에 깃들어 있는 위대함이 미술의 가장 숭고한 대상이라고 말합니다. 나 또한 그것을 명확히 원하거나 그것에 속되게 빠져들지 않고 우리의 영원한 실체를 이처럼 품위 있는 문체로 형상화하고 서술했습니다. 나는 기억을 더듬어 서로 안고 있는 우리를 포근한 잠이 둘러싼 모습을 회상해보았습니다. 때때로 한 사람이 눈을 뜨고 달콤한 잠에 빠져 있는 다른 사람을 보고 웃었습니다. 그는 농담을 하고 애무를 할 수 있을 정도로 깨어났습니다. 그러나 이렇게 시작된 방종한 행위를 끝내기도 전에 우리 둘은 굳게 얽힌 채로 반쯤은 잠들어 망각 상태에 이른 황홀경의 품속으로 빠져들었습니다.

나는 극도로 불쾌해져서 삶에서 잠을 없애려는 나쁜 사람들에 대해서 생각했습니다. 그들은 아마 한 번도 제대로 잠들지 못했을 것이며, 따라서 제대로 살지도 못했을 것입니다. 신들이 의식적이고 의도적으로 아무 일도 하지 않는다는 것 때문이 아니라면, 그들이 잠을 잘 이해하는 잠의 대가라는 것 때문이 아니라면, 도대체 신이 왜 신이겠습니까? 그리고 시인과 현자와 성자 들은 잠에서도 신의 경지에 오르기 위해 부단한 노력을 하고 있습니다! 그들은 어울리지 않고 사는 일과 한가롭게 사는 일과 자유롭고 무사태평하게 무위도식하며 사는 일에 대한 명성을 얻기 위해 서로 많은 경쟁을 하고 있습니다! 그것은 당연한 일입니다. 왜냐하면 좋고 아름다운 모든 것이 이미 거기에 있으며, 그 모든 것은 스스로의 힘으로 자신을 지탱하고 있기 때문입니다. 그렇다면 멈춤이 없고 구심점이 없는 무조건적인 노력과 진보가 무슨 소용이란 말입니까? 이러한 질풍노도가 고요하게 스스로 자라나고 성숙되는 무한한 인간이라는 식물에 영양이 풍부한 수액과 아름다운 형상을 줄 수 있나요? 이처럼 공허하고 번잡한 행동은 북방 오랑캐의 야만적 행위에 지나지 않을 뿐이며, 우리와 남들을 지루하게 만들 뿐입니다. 아주 평범한 현재 세계에 대한 반감 이외에 그것이 무엇으로 시작되며 무엇으로 끝을 맺겠습니까? 경험이 없는 자만심은 이러한 반감이 오직 감각과 오성悟性의 결핍일 뿐이라는 사실을 전혀 예감조차 하지 못하고, 그것을 세상과 삶의 일반적인 추악함에 대한 고상한 불쾌감으로만 여길 뿐입니다. 그러나 자만심은 세상과 삶의 진정한 모습에 대해 아직 한 번도 희미한 예감조차 하지 못하고 있습니다. 예감을 하지 못하는 이유는 인간이 낙원으로 귀환하는 것을 방해하는, 불의 칼을 든 죽음의 천사가 바로 근면과 유용성이기 때문입니다. 초연한 마음과 부드러운 성품을 지녀야만 사람들은 진정한 수동성의 성스러운 고요 속에서 자신의 진정한 자아를 생각할 수 있으며, 세상과 삶을 관조할 수 있습니다. 수호신의 영향에 온전히 몸을 맡기고 헌신함으로써 이루어지는 것이 아니라면 생각과 문학은 모두 어떻게 가능하겠습니까? 말하고 구성하는 일은 모든 예술과 학문에서 단지 부차적인 것일 뿐이며, 본질은 생각하고 창작하는 것입니다. 그리고 그런 일은 오직 수동성을 통해서만 가능합니다. 물론 그것은 의도적이고 자의적이며 일방적이긴 하지만, 어쨌든 수동성은 수동성입니다. 날씨가 좋으면 좋을수록 사람들은 더욱 수동적이 됩니다. 이탈리아 사람들만이 걷는 것을 알고, 동양 사람들만이 누워 있는 것을 이해합니다. 그리고 정신이 인도보다 더 부드럽고 달콤하게 형성된 곳이 어디 있겠습니까? 세상의 모든 지역에서 고귀한 자와 비천한 자를 구별하는 것은 게으름이 가진 권리입니다. 그것은 귀족이 가진 고유한 원칙입니다.

결론적으로 더 많은 기쁨과, 기쁨의 더 많은 인내력과 강렬함, 그리고 정신은 어디에 있나요? 수동적인 역할을 하고 있다고 생각하는 여자들에게 있나요? 아니면 혹시 좋은 기분에서 나쁜 기분으로 넘어가는 것보다 참을 수 없는 분노가 따분한 기분으로 변하는 것이 더 빠른 남자들에게 있나요?

실제로 게으름에 대한 연구를 우리는 그처럼 무책임하게 소홀히 다루어서는 안 되고 학문과 예술로, 그리고 심지어 종교로 만들어야 합니다! 모든 것을 한마디로 표현하자면, 인간이나 인간의 작품이 신의 경지에 오르면 오를수록 더욱더 식물을 닮아간다는 것입니다. 자연의 모든 형상들 중에서 식물의 형상이 가장 도덕적이고 가장 아름답습니다. 그러므로 오직 순수하게 **식물처럼 무위도식**하는 것만이 최고로 완성된 삶일 것입니다.

현재의 삶을 즐기는 것에 만족해서, 나는 유한하기 때문에 무시당할 수 있는 모든 목적과 수단들을 초월하기로 결심했습니다. 자연조차도 이러한 나의 시도를 지지하는 것 같았습니다. 그리고 마치 다성악*의 찬미가가 들려와 계속해서 게으름을 더 누리라고 권유하는 것 같았습니다. 그때 갑자기 어떤 새로운 환영이 나에게 나타났습니다. 나는 투명한 몸으로 어떤 극장에 앉아 있다고 생각했습니다. 극장의 한쪽에는 익숙한 무대와 조명과 채색된 판지가 보였고, 다른 쪽에는 셀 수 없이 많은 관객의 무리가, 다시 말하자면 지식욕에 불타는 머리와 관심을 갖고 바라보는 눈동자로 이루어진 진정한 바다가 있었습니다. 무대 전면의 오른쪽에는 인간을 창조한 프로메테우스**가 장식 대신 그려져 있었습니다. 그는 기다란 사슬에 묶여서 굉장히 조급하게 갖은 애를 쓰며 일하고 있었습니다. 또한 프로

---

* 두 개 또는 그 이상의 독립된 멜로디로 구성된 악곡 형태를 말하며, 이때 둘이나 그 이상의 멜로디를 묶는 음악 기법을 대위법이라고 한다.
** 인간에게 불과 문명을 가져다준 그리스의 신이다. 프리드리히 슐레겔은 그를 인간에게 노동과 진보를 가르쳐준 인물로 보고 낭만주의에 적대적인 인물로 분류했다.

메테우스의 옆에는 끊임없이 그를 다그치고 채찍질하는 소름 끼치는 녀석들이 몇 명 서 있었습니다. 접착제와 다른 재료들이 넘쳐나는 그림 속에서 프로메테우스는 커다란 석탄 화로에서 불을 끄집어내고 있었습니다. 그 반대편에는 신이 된 헤라클레스*가 말없는 형상으로 그의 무릎 위에 앉은 헤베**와 함께 그려져 있었습니다. 무대 앞쪽에서는 젊은 모습의 많은 형상들이 뛰어다니며 대화를 나누고 있었습니다. 그들은 매우 즐거워했으며 살아 있는 것처럼 보이지 않았습니다. 가장 젊은 형상들은 아모르***를 닮았으며, 좀더 나이 든 형상들은 파우누스****의 모습을 닮았습니다. 그러나 그들은 모두 자신만의 고유한 몸가짐을 보여주었으며, 얼굴에는 두드러진 특유한 특징이 있었습니다. 그리고 모두 기독교 신자인 화가나 시인들이 그린 악마와 어떤 유사점을 갖고 있었습니다. 그들은 어린 사탄이라고 불러도 무방했습니다. 가장 작은 형상들 중 하나가 말했습니다. "남을 경멸하지 않는 사람은 남을 존경할 수도 없습니

* 제우스와 알크메데 사이에서 태어난 그리스의 신이다. 예술과 문학에서 헤라클레스는 보통 키에 엄청나게 힘이 세고 대식가이자 애주가이며 바람둥이인 인물로 묘사된다.

** 제우스와 헤라 사이에서 태어난 청춘의 여신으로 신이 된 헤라클레스와 결혼한다.

*** 로마 신화에 나오는 사랑의 신 큐피드의 또 다른 이름으로 그리스 신화의 에로스에 해당한다.

**** 머리에 작은 뿔이 났으며 하반신은 염소의 모습을 한 반인반수의 신이다. 술의 신 바쿠스의 시종으로 지팡이나 술잔을 들고 있다. 농경과 목축을 관장하는 신으로 농경의 신 사투르누스의 손자이며 그리스 신화의 사티로스와 동일시된다. 2년마다 열리는 파우누스 축제는 환락과 자유분방함이 특징이다.

다. 사람들은 그 두 가지 행위를 무한히 할 수 있을 뿐입니다. 그리고 예의범절이란 사람들을 가지고 노는 데 있는 것입니다. 그러니까 일종의 미학적인 악의는 전인교육의 본질적인 부분이 아닐까요?" 다른 형상이 말했습니다. "도덕주의자들이 당신들의 이기주의에 대해 비난을 퍼붓는 것보다 더 어리석은 일은 없습니다. 그들은 완전히 틀렸어요. 도대체 인간 자신의 고유한 신이 아닌 어떤 신이 인간의 존경을 받을 수 있을까요? 당신들은 틀림없이 당신들이 하나의 자아를 가지고 있다고 믿는 오류를 범하고 있어요. 그럼에도 불구하고 당신들의 몸과 이름을 또는 당신들의 문제를 자아로 여긴다면, 적어도 혹시 그 자아가 오면 필요한 방이라도 준비하겠지요." 키가 가장 큰 형상들 중 하나가 말했습니다. "당신들은 이 프로메테우스를 제대로 존경할 수 있을 것입니다. 그가 당신들 모두를 만들었지요. 그리고 당신들과 닮은 형상들을 계속 더 만들어내고 있어요." 실제로 프로메테우스의 동행들은 새로운 인간들이 완성되자마자 아래에 있는 관객들에게 던졌습니다. 그들은 너무나 닮아서 즉석에서 구분하는 것이 어려웠습니다. 어린 사탄이 말했습니다. "그는 단지 방법상 잘못을 저지르고 있는 것입니다. 어떻게 혼자서 사람들을 모두 만들려고 할 수 있을까요? 저것들은 결코 적절한 도구가 아닙니다." 그렇게 말하면서 그는 무대의 맨 뒤쪽에서 아모르와 옷을 입지 않은 매우 아름다운 비너스 사이에 서 있던, 거친 모습을 한 정원의 신 형상에게 신호를 보냈습니다. "인류를 구원하기 위해서 하룻밤에 50명의 처녀를, 그것도 아주 영웅적인 처녀들을 상대할 수 있었던 우리의 친구인 헤라클레스는 그 점에서 훨씬 더 합리적이었습니다. 또한 그도 일을 했으며 많은 사나운 괴물들을 목 졸라 죽였지만 인생의 목표는 언제나 품위 있게 놀고먹는 것이었으며, 그래서 올림포스산에도 들어갈 수 있었던 것입니다.* 그러나 교육과 계몽의 창시자인 프로메테우스는 그렇지 못했습니다. 당신들이 결코 한가한 시간을 갖지 못하고 언제나 그토록 바쁘게 살아야 하는 것은 프로메테우스에게서 물려받은 것입니다. 그래서 당신들이 전혀 아무 일도 할 필요가 없을 때조차 바보같이 인격을 도야해야 하거나 다른 사람을 관찰하며 근본을 캐내려고 하는 일이 생기는 것입니다. 이러한 시작은 극히 잘못된 것이지요. 그러나 프로메테우스는 인간을 노동의 세계로 끌어들였기 때문에 원하든 원하지 않든 그도 이젠 일을 해야 합니다. 그는 더욱 지겨워질 것이며, 결코 사슬에서 벗어날 수 없을 것입니다." 관객들은 이 말을 듣고 갑자기 울음을 터뜨렸으며, 진정으로 공감하고 있다는 것을 자신들의 아버지에게 확언하기 위해서 무대 위로 뛰어올랐습니다. 그리고 우화적인 희극은 사라져 버렸습니다.

---

* 12가지 노역을 끝내고 헤라클레스가 죽자 신들은 그를 올림포스산으로 데려가 신으로 만들었다.

신뢰와 농담

"루친데, 그대는 정녕 외로운가요?"*

"잘 모르겠어요…… 아마도…… 그런 것 같아요."

"제발, 제발! 사랑하는 루친데여. 어린 빌헬미네가 '제발, 제발' 하고 말해도 원하는 것을 사람들이 즉시 해주지 않는다면 그 애는 자기 뜻이 이루어질 때까지 점점 더 크고 심하게 소리 지를 것이라는 걸 그대는 잘 알고 있지 않나요?"

"그래서 당신은 그 말을 하려고 이토록 숨이 차서 들어와 나를 놀라게 한 건가요?"

"화내지 마시오, 달콤한 당신! 오, 나를 그대로 내버려둬요, 나의 아기여! 그대 아름다운 여인이여! 나를 비난하지 말아요, 착한 아가씨여!"

"그런데 당신은 아직도 문을 닫으라고 말하지 않을 건

---

* 원문에는 줄표를 사용하여 모두 이어서 쓰여 있는데, 독자의 편의를 위해서 옮긴이가 임의로 루친데와 율리우스의 말을 구별하여 행을 나눈 다음 줄표를 없애고 따옴표를 붙였다.

가요?"

"글쎄요? ……이제 곧 대답할게요. 그 전에 먼저 아주 긴 입맞춤을 해줘요, 그리고 다시 한번 더, 그런 다음 또 몇 번의 입맞춤을, 그리고 더 많은 입맞춤을 해줘요."

"오, 당신은 내가 이성적일 때는 그렇게 입 맞추면 안 돼요. 그것은 나쁜 생각이 들게 해요."

"그대는 그렇게 생각할 수 있어요. 심술이 난 여인이여, 당신은 진정으로 웃을 수 있나요? 누가 그런 것을 생각이나 했을까! 그러나 나는 그대가 나를 조롱하느라 웃기만 하고 있다는 것을 잘 알고 있어요. 그대는 기뻐서 웃는 것이 아닙니다. 방금 전에 로마의 원로원 의원처럼 진지해 보인 사람은 누구였나요? 사랑스런 귀염둥이여, 법정에 있는 것처럼 그렇게 앉아만 있지 않았다면, 고상한 검은 눈과 저녁 해의 빛나는 빛을 반사하는 길고 검은 머리를 갖고 있는 그대는 정말 매혹적으로 보였을 겁니다. 맹세하건대 그대가 나를 그런 식으로 바라보았기 때문에 나는 정말로 움찔했습니다. 난 정말 중요한 것을 거의 다 잊어버리고 완전히 혼란에 빠졌어요. 그런데 당신은 도대체 왜 전혀 말을 하지 않나요? 내가 마음에 들지 않아서?"

"그건 어리석은 말이에요! 바보 같은 율리우스! 당신은 누구에게 말이나 시키려고 왔나요? 오늘 당신의 애정은 정말 소나기처럼 쏟아지고 있어요."

"밤에 하는 당신의 말처럼."

"오, 목도리를 그대로 둬요, 여보."

"그대로 두라고요? 그것은 결코 안 될 일입니다. 볼품없고 시시한 목도리가 다 무엇이란 말입니까? 편견입니다! 그것은 없어져야 합니다."

"우리를 누군가가 방해하지 않으면 좋겠어요!"

"그 애가 울려고 하는 것처럼 보이지는 않네요! 그런데 그대는 기분이 괜찮은가요? 왜 그대의 심장은 그렇게 세차게 뛰나요? 이리 와서 나에게 입맞춤을 해줘요! 그래, 그대는 아까 문을 닫아걸겠다고 말했지요? 좋아요, 그러나 그렇게 하지 말아요. 여기서는 안 돼요. 빨리 내려가 정원을 지나 꽃이 피어 있는 별당으로 갑시다! 오, 나를 그렇게 오래 기다리게 하진 마시오."

"당신이 명령하는 대로 따르지요, 주인님!"

"나는 이해할 수 없습니다. 오늘 당신은 매우 이상해요."

"사랑하는 이여, 당신이 설교를 시작하려 한다면 우리는 그냥 돌아가는 편이 낫겠어요. 차라리 당신에게 한 번 더 입맞춤을 하는 게 좋겠어요. 그리고 앞으로 뛰어가겠어요."

"오, 루친데, 그렇게 빨리 달아나지 마시오. 도덕은 당신을 따라잡지 못할 겁니다. 넘어지겠소, 사랑하는 이여!"

"나는 당신을 그렇게 오래 기다리게 하고 싶지 않았어요. 이제 우리는 정말 여기에 함께 있네요. 그리고 당신 또한 서두르고 있어요."

"그리고 그대는 매우 고분고분하네요. 하기야 지금은 다툴 때가 아닙니다."

"진정하세요, 진정해요!"

"당신도 알다시피 당신은 여기서 당당하게 편안히 쉬어도 돼

요. 자, 이번에 쉬지 못한다면…… 그러면 당신은 정말 변명할
수 없어요."

"우선은 먼저 커튼을 쳐야 하지 않겠어요?"

"당신 말이 맞아요. 그러면 조명이 훨씬 더 매혹적으로 보이
게 될 겁니다. 붉은 조명에 빛나는 당신의 하얀 엉덩이는 정말
멋있어요! ……왜 그렇게 냉랭한가요, 루친데?"

"사랑하는 당신, 히아신스를 좀더 멀리 치워줘요. 향기가 나
를 숨막히게 해요."

"저토록 단호하고 확실하다니! 정말로 매끄럽고 섬세하네
요! 저것은 조화로운 완성체입니다."

"오, 아니에요, 율리우스! 치워줘요, 부탁해요, 나는 저것을
원하지 않아요."

"그대가 나만큼 달아올라 있는지 나는 느끼면 안 되나요?
오, 그대 심장의 고동 소리를 듣게 해주고 눈처럼 흰 가슴에
내 입술을 식히게 해주시오! ……당신은 나를 떼어낼 수 있나
요? 그러면 난 원망할 것입니다. 나를 좀더 세게 안아줘요. 입
맞춤에 대한 입맞춤을 해줘요. 아니, 더 이상의 입맞춤은 필요
없어요. 한 번의 영원한 입맞춤을 해줘요. 내 영혼을 모두 가
져가고 당신의 영혼을 나에게 줘요! ……오, 함께 있으니 정말
아름답고 멋지네요! 우리는 어린애가 아니지요? 말해봐요! 처
음에 당신은 정말로 냉랭하고 쌀쌀했었어요. 나중에는 드디어
나를 세게 끌어안았지요! 그때 당신은 어딘가 아픈 것 같았
고, 나의 열정에 완전히 답하는 것이 달갑지 않은 것 같은 그
런 표정을 지었었지요. 무슨 일인가요? 울고 있어요? 얼굴을

감추지 마시오! 나를 봐요, 나의 사랑!"

"오, 나를 당신 곁에 누워 있게 해주세요. 나는 당신의 눈을 똑바로 바라볼 수가 없어요. 그땐 내가 나빴어요, 율리우스! 당신, 사랑하는 나의 남자여, 나를 용서해줄 수 있지요? 나를 떠나지 않을 거지요? 아직도 나를 사랑할 수 있나요?"

"나에게 오시오, 나의 달콤한 여인이여! 여기 내 가슴에 안기시오. 얼마 전 당신이 내 팔에 안겨 울었던 그때가 얼마나 좋았었는지, 당신은 아직 기억하고 있지요? 그리고 울고 나니 후련했지요? 그러나 사랑하는 여인이여, 그대에게 무슨 일이 있는지 지금 말해줘요. 당신은 내게 화가 났나요?"

"나는 내 자신에 대해 화가 났어요. 나는 나를 때릴 수도 있어요. ……그리고 물론 당신에겐 제대로 대한 거예요. 그대여! 당신이 앞으로 다시 한번 더 내게 남편처럼 굴어준다면, 그러면 그때는 당신이 나를 아내로 여겨도 되게끔 더 잘 처신하겠어요. 내 말을 믿어도 돼요. 그 일로 얼마나 놀랐던지 나는 웃지 않을 수가 없어요. 그러나 당신이 그렇게 대단할 정도로 사랑받을 가치가 있다고 생각하진 말아요, 나의 당신이여! 이번에 내가 결심을 깨뜨린 것은 나 스스로의 자유의지였어요."

"처음이 마지막인 의지는 언제나 최선의 의지입니다. 여자들은 일반적으로 자신들이 생각했던 것보다 적게 말하는 대신에 때때로 자신이 의도했던 것보다 더 많이 행동하지요. 선한 의지가 그대 여자들을 잘못된 길로 이끈다는 말은 타당한 것입니다. 선한 의지는 매우 좋은 것이지만 사람들이 그것을 원하지 않는데도 언제나 그곳에 존재한다는 사실이 그것의 나쁜 점입니다.”

“그것은 멋진 결점이에요. 하지만 남자인 당신들은 악의로 가득 차서 그 안에서 헤어나지 못해요.”

“오, 아닙니다. 우리가 헤어나지 못하고 있는 것처럼 보인다면 그것은 단지 별다른 도리가 없기 때문입니다. 악의가 아닙니다. 우리가 하지 못하는 것은 우리가 진심으로 원하지 않기 때문입니다. 따라서 그것은 의지가 나빠서가 아니라 의지가 부족해서입니다. 그대 여자들이 흘러넘치는 선한 의지를 우리 남자들과 나누지 않고 홀로 간직하려 하는 것이 그대들 책임이 아니라면 도대체 누구의 책임일까요? 그런데 지금 우리가 의지에 대해 논하는 것은 내 본의와는 다르게 일어난 일이며, 그것을 어떻게 생각해야 좋을지 나는 모르겠습니다. 어쨌든 아름다운 도자기를 깨부수는 것보다 몇 마디의 말로 기분을 푸는 것이 언제나 더 낫습니다. 이번에 저는 마님의 예기치 못한 격정과 뛰어난 언변, 칭찬할 만한 결단력 등에 대해 처음에는 놀랐지만 조금은 정신을 차릴 수가 있었습니다.* 사실 그것은 대화를 자연스럽게 만들어 저의 입장을 살려주는 마님의 특이한 트릭 중 하나입지요. 그리고 제가 기억하기로는 지난 몇 주 동안 마님이 지금 말하는 설교처럼 대낮에 그렇게 규정에 맞게 완전한 문장으로 말한 적이 없었지요. 마님의 생각을 산문으로 옮겨보시지 않겠습니까?”

---

* 율리우스가 루친데의 마음을 풀어주기 위해 농담처럼 또는 존경의 의미를 담아 표현한 극존칭의 문장이다. 뒤따르는 세 문장도 모두 극존칭이다.

"어제 저녁의 일과 재미있던 그 사람들을 정말 완전히 잊었나요? 물론 난 그것에 대해 잘 몰라요."

"내가 아말리에와 너무 많이 말해서, 그것 때문에 화가 났나요?"

"당신은 원하는 사람과 원하는 대로 말하세요. 그러나 나에게는 정중하게 대해줘야 해요. 난 그것을 원해요."

"당신은 매우 큰 소리로 말했고, 모르는 사람들이 바로 우리 곁에 있었어요. 나는 걱정이 되었는데, 달리 뭘 해야 할지 몰랐어요."

"당신 자신이 미숙해서 점잖지 못했다는 사실을 빼고 말하는 건가요?"

"날 용서해줘요. 내 잘못이라는 것을 인정합니다. 그대는 내가 모임에서 당신과 함께 있으면 남의 시선을 얼마나 의식하는지 잘 알고 있지 않나요? 다른 사람들이 보는 데서 그대와 이야기하는 것을 나는 달가워하지 않습니다."

"둘러대는 법을 정말로 잘도 알고 있네요!"

"나를 대충 보지 말고 세심하게 살피고 엄격하게 대해줘요! 그러나 그대가 내게 무슨 짓을 한 건지 보십시오! 그것은 모독이 아닌가요? 아니, 그것으론 모자라요, 그 이상입니다. 그것은 질투였다고 내게 실토하십시오."

"당신은 저녁 내내 박절하게도 나를 잊고 있었어요. 나는 오늘 아침 당신에게 모든 것을 편지로 쓰려 했다가 다시 그것을 찢어버렸어요."

"바로 그때 내가 그곳에 막 갔던 건가요?"

"나는 당신이 그토록 심하게 서두르는 모습이 불쾌했어요."

"내가 그렇게 쉽게 불타오르고 달아오르지 않더라도 나를 사랑할 수 있을까요? 그대도 그런 것은 아닌가요? 그대는 우리의 첫번째 포옹을 잊었나요? 사랑은 한순간에 완전하고 영원한 것으로 찾아오거나 또는 전혀 아무것도 아닙니다. 모든 신성한 것과 아름다운 것은 갑자기 그냥 나타납니다. 아니면 당신은 돈이나 다른 재물들을 쌓아가듯 기쁨도 일관성 있게 모을수 있다고 생각하나요? 고귀한 행복은 대기 중에 나타나는 음악처럼 우리에게 홀연히 나타났다가 사라진답니다."

"당신은 내게 그렇게 나타난 것이네요, 그대 소중한 이여! 그리고 당신은 내게서 사라지려 하나요? 그러지 마세요."

"나는 그러지 않을 겁니다. 나는 그대 곁에 있기를 원해요. 지금도 원하고 앞으로도 그럴 겁니다. 들어봐요, 난 그대와 질투에 대해 충분한 대화를 나누고 싶은 생각이 간절합니다. 그러나 먼저 우리의 잘못을 기분 상한 신들에게 속죄해야 합니다."

"우선 대화를 하는 편이 좋겠네요. 속죄하는 것은 그다음이에요."

"그대의 말이 옳아요. 우리는 아직 그럴 상황이 아니에요. 그리고 당신은 오랜 시간 동안 불안하고 짜증이 난 상태였어요. 그대가 그토록 감성적이라는 것은 좋은 일입니다."

"내가 당신보다 더 감성적인 것은 아니에요. 단지 다를 뿐이지요."

"자, 말해봐요. 난 질투를 잘 하지 못해요. 그런데 어째서 당신은 그렇게 질투가 심한가요?"

"도대체 아무런 이유도 없이 내가 그럴까요? 대답해봐요!"

"난 그대가 무슨 말을 하고 있는지 잘 모르겠습니다."

"나는 본래 질투를 잘 하는 사람이 아니에요. 그러나 당신들 두 사람은 저녁 내내 무슨 얘기를 나누었지요?"

"아말리에를 질투하는 건가요? 그게 될 법한 말입니까? 어린애 같으니라고! 나는 그녀와 특별한 얘기를 나누지 않았어요. 그래서 즐거웠어요. 그리고 얼마 전부터 거의 매일 만나는 안토니오와 말할 때도 그만큼 얘기하지 않았나요?"

"그렇다면 당신이 애교가 많은 아말리에와 얘기할 때도 조용하고 진지한 안토니오와 말할 때와 똑같이 대했다고 믿어달란 말인가요? 깨끗하고 순수한 우정일 뿐이라는 건가요, 그런 건가요?"

"오, 아닙니다, 그렇게 생각하면 안 돼요, 그렇게 생각하는 것은 절대로 안 됩니다, 전혀 그렇지가 않습니다. 어떻게 그대는 내가 그런 어리석은 짓을 할 수 있다고 생각할 수 있나요? 이성 간의 두 사람이 순수한 우정이라고 생각하며 친분을 나누는 것이란 정말로 어리석은 일이기 때문인가요? 나는 아말리에를 그냥 좋아하는 것처럼 대할 뿐이고, 그녀와는 그 이상의 아무 일도 없습니다. 그녀가 아양을 조금도 떨지 않았더라면 나는 그녀에게 그렇게 하지 않았을 것입니다. 우리 모임에 그런 여자들이 단 몇 명이라도 더 있으면 좋겠습니다. 본래 남자들은 모든 여자에게 빈말로는 다 좋아한다고 할 수 있는 겁니다."

"율리우스! 난 당신이 완전히 미쳐가고 있다고 생각해요."

"자, 내 말을 좀 이해해줘요. 정말로 모든 여자에게 다 그러는 것은 아니고, 때마침 그럴 만한 여자가 우연히 앞에 나타나면 그녀를 좋아하는 것처럼 그렇게 할 수 있다는 말입니다."

"그러니까 그것은 소위 프랑스 사람들이 말하는, 여인에 대한 남자들의 점잖은 예의나 남자에 대한 여인들의 아양 정도의 수준일 뿐이라는 말이군요."

"내가 그것을 멋지고 위트 있다고 생각하는 정도이고 그 이상은 아니라는 말이지요. 그런데 사람들은 자신이 무슨 일을 하고 무엇을 원하는지 알아야 하는데, 그것은 쉽지 않은 일이에요. 멋진 농담은 종종 손바닥에서도 곧바로 통속적인 진담으로 변해버리니까요."

"그런 농담 같은 사랑이라고 해서 전혀 농담처럼 바라볼 수는 없어요."

"그런 농담에 대해 책임을 질 수는 없습니다. 그것은 오직 혼란에 빠진 질투일 뿐입니다. 미안합니다, 사랑하는 이여! 나는 화를 내고 싶지는 않지만 어떻게 질투가 일어날 수 있는지에 대해서는 전혀 이해할 수 없습니다. 왜냐하면 사랑하는 사람들 사이에서는 은혜와 마찬가지로 모욕도 있을 수 없는 일이기 때문입니다. 따라서 질투란 틀림없이 불안이며 사랑의 부족이고 자신에 대한 불신입니다. 나의 경우에 행복은 확신이며 사랑은 충실함과 동의어입니다. 물론 보통 사람들이 사랑하는 것과는 조금 다릅니다. 보통 남자는 여자들의 생물학적인 여성성을 사랑하고 여자는 남자의 남성적인 자질과 사회적인 지위에 따른 등급을 사랑합니다. 그리고 남자와 여자 둘 다 자식은 자신들이 서투르게 만들어낸 창조물이며 자신들의 소유물이라는 점에서 사랑합니다. 이러한 경우에 신뢰는 가치이며 덕목입니다. 그리고 그 자리에 질투도 들어섭니다. 말하자면 그들과 같은 사람들이 많고, 사람은 다른 사람만큼 인간으로서의 가치를 지니며 모두를 합해도 특별히 대단한 가치는 없다는 암묵적인 믿음을 그들은 매우 타당하다고 느끼고 있기 때문입니다."

"그래서 당신은 질투를 단지 거칠고 교양 없는 것으로 간주하고 있는 것이군요."

"그렇습니다. 또는 쓸데없이 상스러운 것, 그리고 불합리한 것, 그러니까 그 정도로 좋지 않은 것이거나 훨씬 더 나쁜 것으로 생각합니다. 일반적인 제도를 따른다면 오로지 친절과 정중한 태도를 통해 의도적인 결혼을 하는 것이 사람들이 할 수 있는 최선입니다. 그리고 그런 사람들은 서로를 경멸하면서 거리를 두고 사는 것이 틀림없이 매우 편안하고 즐거울 것입니다. 특히 여자들이 결혼에 대해 본격적인 애착을 드러낼 수 있습니다. 그런 여자가 결혼하는 것에 흥미를 느끼게 된다면 정신적으로든 육체적으로든 연속으로 여섯 명의 남자와 차례로 결혼하는 일도 쉽게 일어날 수 있을 것입니다. 그러고 나면 다양한 경험으로 인해 세련된 사람이 되어 우정에 대해서 많은 이야기를 할 기회를 충분히 갖게 될 것입니다."

"당신은 조금 전 우리가 우정을 나눌 능력이 없다고 여기고 이미 그런 얘기를 했어요. 그것이 정말 당신의 생각인가요?"

"그래요! 그러나 나는 그러한 능력의 부족을 그대 여자들보다는 우정 자체의 본질에서 더 찾을 수 있다고 생각합니다. 여자들은 자신이 사랑하는 모든 것을 애인이나 자식을 사랑하듯 완전히 사랑합니다. 자매 관계마저도 이러한 특성을 받아들일 수 있을 겁니다."

"그건 당신의 말이 옳아요."

"여자들에게 우정은 너무 다면적이면서 동시에 너무 일면적인 성격도 지니지요. 우정은 완전히 정신적인 것이어야 하며 절대적으로 확정된 경계를 갖고 있어야 합니다. 이러한 종류의 분리는 그대들의 여성적 본성을 아주 미묘하게 파괴할 것입니다. 그리고 사랑은 없고 오로지 관능적인 관계만 남아 있듯이 그렇게 완전히 파괴할 것입니다. 그러나 공동체 사회의 경우 우정은 매우 진지하고 깊이가 있으며 숭고합니다."

"도대체 인간들은 먼저 남자인지 여자인지 생각하지 않고는 서로 말을 할 수 없나요?"

"그러면 매우 심각해질 수 있습니다. 한 재미있는 사교 클럽을 생각하는 것이 좋겠군요. 당신은 내가 무슨 말을 하는지 알고 있어요. 사람들이 그곳에서 자유롭고 재치 있게 말한다면, 그리고 분위기가 너무 거칠거나 딱딱하지 않다면 이미 수준은 충분합니다. 그러나 약간은 훌륭해 보이는 그런 모임에, 그 모임의 정신과 영혼이라고 할 수 있는 가장 우아하고 가장 훌륭한 그 어떤 것이 언제나 부족합니다. 그것은 바로 사랑을 다루는 농담이며 농담이 담긴 사랑입니다만, 이것은 사랑에 대한 느낌이 없으면 타락하여 상스러운 농지거리가 됩니다. 이런 이유로 나는 또한 이중적 의미를 갖는 말을 옹호합니다."

"당신은 나를 놀리는 건가요, 아니면 농지거리를 하는 건가요?"

"아닙니다, 아니에요! 나는 매우 진지하게 말하고 있어요."

"하지만 파울리네와 그녀의 애인처럼 진지하지도 않고 근엄하지도 않아요."

"하느님 맙소사! 그렇게 진지하고 근엄하게 행동하는 것만이 올바른 일이라면 그들은 포옹할 때마다 교회의 종을 울렸겠네요. 오! 나의 여인이여, 인간은 본래가 진지한 짐승이랍니다. 그러나 이런 창피하고 가증스러운 성향은 온갖 방법을 다 동원해서 강력히 저지되어야 합니다. 이를 위해서는 이중적 의미가 그렇게 드물지 않게만 나타난다면 이중 의미의 언어는 아주 훌륭한 역할을 합니다. 그러나 그렇지 않고 단지 한 가지 의미만 허락된다면, 그것은 비도덕적이지는 않지만 주제넘고 건방진 것입니다. 가벼운 대화는 가능한 한 정신적이고 사랑스러우며 겸손해야 합니다만, 동시에 충분히 야해야 합니다."

"그것은 좋아요. 하지만 그런 대화가 사교 모임에서 무슨 역할을 하나요?"

"그것은 음식의 소금처럼 대화를 신선하게 유지합니다. 사람들이 그런 대화를 왜 하느냐 하는 것은 전혀 문제가 되지 않으며, 오직 어떻게 하느냐가 문제입니다. 왜냐하면 그것 없이는 대화를 할 수도 없고 해서도 안 되기 때문입니다. 매력적인 소녀와 이야기하면서 그녀를 마치 중성의 양서류처럼 대한다면 무례한 일이 되겠지요. 그녀의 현재 모습과 앞으로 변하게 될 모습을 암암리에 알려주는 것은 의무이며 책임입니다. 그리고 모임은 점잖지 않고 걸쭉하며 범죄의 냄새를 풍기는데, 거기에 순진한 소녀가 있다는 것은 정말로 코믹한 상황입니다."

"그것은 남을 웃기는 동안 자신은 때때로 슬펐던 어느 유명한 희극배우를 생각나게 하네요."

"사교라는 것은 재치를 통해서만 형성되어 조화를 이루는 하나의 혼돈입니다. 그리고 격정의 요소들을 유희의 대상으로 삼아 가볍게 희롱하지 않으면, 그것들은 커다란 덩어리로 뭉쳐져서 모든 것을 어둡게 만들 것입니다."

"그렇다면 지금은 거의 어두우므로 여기 대기 중에 격정이 있겠군요."

"그대는 눈을 자물쇠로 채워버렸군요, 내 마음속의 여인이여! 눈이 정상이라면 전반적으로 방이 두루 밝다는 것을 알 수 있을 텐데."

"정말 누가 더 열정적인가요, 율리우스? 나인가요, 당신인가요?"

"우리 둘 다 충분히 열정적입니다. 나는 열정 없이는 살고 싶지 않습니다. 자, 좀 봐요, 그래서 나는 질투와 화해할 수 있을 것입니다. 우정, 아름다운 교제, 감성, 격정 등 모든 것이 사랑 안에 있습니다. 그리고 모든 것은 사랑 안에 있어야 하며, 하나의 요소가 다른 요소를 강화시키고 진정시키고 생명을 주고 고상하게 만들어야 합니다."

"당신을 안아줄게요, 나의 믿음이여!"

"그러나 한 가지 조건하에서만 나는 당신의 질투를 허락할 수 있습니다. 교양 있고 세련되게 풀어내는 분노는 남자가 전혀 싫어하지 않는다는 것을 나는 종종 느꼈습니다. 아마도 당신의 질투도 그럴 것입니다."

"맞아요! 그래서 나는 질투를 완전히 버릴 필요가 없어요."

"오늘의 당신처럼 언제나 질투를 그렇게 멋지고 재치 있게 표현한다면 좋겠어요!"

"그렇게 생각해요? 자, 당신이 다음번에 멋지고 재치 있게 화를 낸다면 나도 당신에게 똑같이 말해주고 당신을 칭찬하겠어요."

"이제 신들에게 무례하게 굴었던 것을 속죄해야 하지 않을까요?"

"그래요, 당신의 이야기가 모두 끝났다면 그렇게 해요. 그러나 끝나지 않았다면 남은 이야기를 마저 해요."

남성 수업 시대

매우 열중하는 모습으로 카드놀이를 하고 있지만 마음은 무심하고 별로 집중하지 않는 것, 다시 말하자면 흥분된 격정의 순간에 모든 것을 걸었다가 잃자마자 곧바로 무심해지는 것, 그것은 율리우스가 거친 질풍노도의 젊은 시절에 가졌던 나쁜 습관들 중 하나였다. 반항의 힘이 충만한 가운데 때 이르게 나타나는 타락의 씨앗을 불가피하게 지니고 있던 그가 살아온 삶의 정신을 이것은 충분히 설명해준다. 대상이 없는 사랑이 그의 내부에서 불타올라 내면을 교란시켰다. 하찮은 유혹에도 격정의 불꽃이 일렁거렸다. 그러나 자부심 때문에 또는 의도적으로 이러한 격정은 곧 대상 자체를 경멸하는 것처럼 보였다. 그리고 두 배로 늘어난 분노의 감정이 대상과 율리우스 자신에게로 되돌아갔으며, 그는 속을 끓이며 자책했다. 그의 정신은 끊임없는 소란 속에 있었으며, 그는 매순간 어떤 특별한 일이 일어나기를 기다렸다. 어떠한 일도 그를 놀라게 할 수는 없었다. 자신이 파괴되는 일에도 거의 놀라지 않았다. 자신의 모든 행복이 걸려 있는 어떤 것을 미친 듯이 추구하는 사람처럼, 그는 막연히 하릴없이 사물과 사람 사이를 이리저리 뛰어다녔다. 모든 것이 그를 부추길 수 있었지만 아무것도 그를 만족시키지는 못했다. 그래서 방탕한 일에 흥미를 갖게 되었다. 방탕한 일은 그것을 시도해봄으로써 더 상세히 알게 될 때까지 계속되었다. 그러나 어떤 종류의 방탕함도 그의 본격적인 습관이 될 수는 없었다. 왜냐하면 그는 경솔한 행동을 하는 만큼 그런 행동에 대해 경멸하는 마음도 마찬가지로 갖고 있었기 때문이다. 그는 침착함을 유지한 채 향락을 즐길 수도 있고, 쾌락에 깊이 빠질 수도 있었다. 그러나 거기에서도, 그리고 탐욕스런 지식욕으로 젊음의 열정을 바친 여러 종류의 취미나 공부에서도, 그는 심장이 격렬하게 요구하는 고상한 행복을 찾지 못했다. 이러한 실망의 기미가 내면 곳곳에서 나타나 그의 성급한 기질을 제지하고 가로막았다. 그에게 가장 매력적인 것은 모든 종류의 사교 생활이었다. 그는 사교 생활에 자주 싫증을 내기도 했지만, 결국에는 언제나 사교의 즐거움 속으로 되돌아왔다. 그는 일찍부터 여자들과 함께 있는 것에 익숙했음에도 불구하고 여자에 대해 전혀 알지 못했다. 여자들은 그에게 놀라울 정도로 낯설게 보였고, 가끔은 전혀 이해할 수 없었으며, 자신과 같은 종족으로 여겨지지 않았다. 하지만 다소간 자신과 비슷한 젊은 남자들을 그는 뜨거운 사랑으로, 그리고 우정의 진실한 열정으로 포용했다. 그러나 그는 그것만으로는 만족스럽지 않았다. 그는 세계를 끌어안길 원했으나 아직은 아무것도 잡을 수 없는 것처럼 느껴졌다. 그리고 그는 충족되지 않은 동경 때문에 점점 더 황폐해졌고, 정신적인 것에 대한 의심 때문에 관능적이 되었으며, 운명에 대한 반항으로 분별없는 행동을 저질렀다. 실제로 그는 일종의 순수함을 지닌 채 비도덕적인 행동을 했다. 그는 아마도 자기 앞에 펼쳐진 그 나락을 볼 수는 있었겠지만, 그곳을 향해 나아가는 속도를 줄이기 위해 노력하는 것이 별로 가치가 없다고 생각했다. 그는 신중하게 오래 번민하기보다는 차라리 야생의 사냥꾼처럼 나락의 바닥을 향하고 있는 인생의 급경사를 신속하고 용감하게 뛰어내려 가보려고 했다.

이러한 성격 때문에 그는 매우 사교적이고 즐거운 모임에서도 종종 고독감을 느껴야 했다. 그러나 자기 곁에 아무도 없을 때는 외로움을 그다지 크게 느끼지 못했다. 그럴 때면 그는 희망과 회상의 이미지에 도취했고, 의도적으로 자신의 환상에 빠져들었다. 처음에는 가벼운 흥분에서 시작된 그의 모든 소망은 엄청난 속도로 자라나서 끝을 모르는 열망이 되었다. 그의 모든 생각은 눈에 보이는 형상과 움직임을 받아들였으며, 관능적인 것의 힘과 분별력을 바탕으로 내면에서 서로 반발적으로 반응했다. 그의 정신은 자기 억제의 고삐를 당기지 않고 오히려 제멋대로 내적인 삶의 혼돈 속에 빠져들기 위해서 기꺼이 그 고삐를 던져버렸다. 그는 경험은 적었지만 좀더 어렸던 시절의 기억을 포함하여 많은 기억을 갖고 있었다. 말하자면 격정적인 분위기의 기묘한 순간과 대화, 와자지껄한 수다 등 가슴속 심연에서 나왔던 것들이 그에게 영원히 값지고 명확한 것으로 남아 있었고, 몇 년이 지난 뒤에도 그는 현재의 일인 듯 그것들을 정확히 알고 있었다. 그러나 그가 사랑했던 것과 애정을 갖고 생각했던 모든 것들은 단절되고 고립되었다. 환상 속에서 그의 존재 전체는 연결되지 않은 조각들이 무리를 짓고 있는 덩어리였다. 각각의 조각들은 하나로 완전한 것이었으며, 그 옆에 무엇이 있고 또 무엇이 연결되어 있더라도 그것은 그에게는 관심 밖의 일이었고 존재하지 않는 것과 다름없었다.

고독한 생각에 잠겨 있던 그의 영혼으로 성스럽고 순수한 이미지 하나가 섬광처럼 반짝이며 스며들었을 때, 그는 아직 완전히 타락한 것은 아니었다. 열망과 추억의 한 줄기 빛이 그의 영혼을 만나 불을 지폈다. 그리고 이 위험한 꿈은 그의 일생에 결정적인 것이 되었다.

그는 평온하고 행복했던 풋풋한 청춘 시기에 어린애다운 순수한 호감으로 다정하고 즐겁게 시시덕거리며 지냈던 한 고결한 소녀를 기억해냈다. 그는 관심을 갖고 그녀에게 접근했던 첫번째 남자였기 때문에, 사랑스러운 그 여자아이도 꽃이 태양을 향하듯이 자신의 어린 영혼을 그에게로 기울였다. 그녀가 덜 성숙하여 아직 어린아이의 경계에 있다는 사실이 더욱더 억제할 수 없을 정도로 그의 욕망을 부채질했다. 그녀를 소유하는 것이 최고의 행복을 얻는 것이라고 그는 생각했다. 그는 모든 것을 걸기로 결심했으며, 그녀 없이는 살 수 없다고 생각했다. 그는 사회적 규범 등 모든 종류의 속박에 대한 최소한의 생각조차 혐오했다.

그는 급히 그녀에게 돌아갔으며, 그녀가 더욱 세련되어졌다고 생각했다. 하지만 아직도 여전히 고상하고 특별했으며, 이전처럼 사려 깊고 당당하다고 느꼈다. 그녀의 사랑스러운 모습보다 더 마음을 끈 것은 깊은 감정의 흔적이었다. 그녀는 꽃이 만발한 들판 위를 날아다니듯 기쁘고 경쾌하게 인생을 날고 있는 것처럼 보였다. 그럼에도 불구하고 그의 주의 깊은 눈에 비친 그녀는 무한한 열정을 향한 매우 명확한 성향을 보여주었다. 그에 대한 그녀의 호감과 천진난만한 마음, 말이 적고 비사교적인 성격은 그가 혼자 있는 그녀를 만날 수 있는 방법을 쉽게 알려주었으며, 그녀를 소유하기 위한 공작에 따르는 위험성이 일의 매력을 증진시켰다. 그러나 그는 자신의 목적을 이루지 못하고 속상한 마음을 감내해야 했으며, 너무도 서툴러서 어린아이조차 제대로 유혹하지 못한 자신을 자책해야 했다. 그녀는 몇 번의 애무에 기꺼이 몸을 맡기고 수줍은 관능으로 반응했다. 그러나 일정한 선을 넘어서려고 하자, 기분이 상한 것처럼 보이지는 않았지만 매우 완강하게 거부했다. 그녀는 경우에 따라 허용할 수 있는 것과 완전히 금지되어 있는 것에 대한 자신의 감정 때문에 그렇게 했다기보다는, 아마도 인간미 없는 계명에 대한 믿음 때문에 그렇게 했을 것이다.

그럼에도 불구하고 그는 끈질기게 그 일을 꿈꾸며 그녀를 관찰했다. 그러다가 언젠가 그녀가 조금은 그 일을 기대하고 있을 때 그녀를 덮쳤다. 그녀는 이미 오랫동안 외롭게 지냈고, 환상과 확실치 않은 동경에 평소보다 더 깊이 빠져 있었을 것이다. 그것을 알아챈 그는 아마도 다시 오지 않을 그 순간을 잡으려 했다. 그는 갑작스럽게 희망에 부풀었고 황홀감에 빠져들었다. 애원하고 아첨하고 궤변을 늘어놓는 말들이 입술에서 술술 흘러나왔다. 그는 애무를 하며 그녀 위에 몸을 싣고 무아경에 빠져 이성을 잃었다. 마침내 그녀의 사랑스러운 머리는 활짝 핀 꽃이 가지에 얹히듯 그의 가슴에 파묻혔다. 날씬한 몸이 주저하지 않고 그를 휘감았으며, 금발 머리의 비단 리본이 그의 손 위로 흘러내렸다. 부드럽게 기대하는 마음으로 아름다운 입이 꽃봉오리처럼 열리고, 경건하고 검푸른 눈에서는 심상치 않은 불꽃이 반짝이며 일렁거렸다. 과감한 애무를 하는데도 그녀는 여전히 가벼운 저항만 했다. 곧 그러한 저항도 그만두었다. 그녀는 갑자기 두 손을 늘어뜨리고 모든 것을 그에게 맡겼다. 부드러운 처녀의 몸과 풋풋한 젖가슴의 열매가 그에게 맡겨졌다. 하지만 그 순간 그녀의 눈에서 눈물이 봇물 터지듯 흘러나왔으며, 쓰라린 체념이 그녀의 얼굴을 일그러뜨렸다. 율리우스는 매우 놀랐다. 눈물 때문이 아니라 갑작스러운 충격으로 그는 정신이 번쩍 들었다. 그는 이미 지나간 모든 일과 앞으로 일어날 일을 생각했다. 다시 말하자면 자기 앞에 있는 희생자와 인간의 가련한 운명을 생각했다. 그 순간 몸에 차가운 전율이 일었으며, 자신도 모르게 입술 사이로 한숨이 새어 나왔다. 그는 흥분하여 감정이 고양되었던 자신을 경멸했으며, 일반적인 연민의 마음이 들자 현재 자신이 벌이던 일과 자신이 하려던 의도를 잊어버렸다.

그 순간은 지나갔다. 그는 오직 그 착한 소녀를 위로하고 달래려 했다. 그는 순진무구의 화관을 작심하고 제멋대로 찢어버리려 했던 그곳을 역겨워하며 급히 떠나갔다. 그는 여성의 정절을 그보다 훨씬 더 믿지 않는 상당수의 친구들이 그의 행동을 졸렬하고 우스운 것으로 여기리라는 사실을 잘 알고 있었다. 그가 자신의 행동에 대해 맨정신으로 다시 한번 생각하기 시작했을 때 거의 그런 마음이 들었다. 그럼에도 불구하고 그는 그들이 멍청한 짓이라고 생각하는 자신의 그런 행위를 매우 훌륭하고 재미있는 것으로 여겼다. 고상한 성품이 세속적인 관계에서 군중의 눈에 비칠 때는 틀림없이 어리석거나 정상이 아닌 듯 보이는 것이 당연하다고 그는 생각했다. 그 다음에 만났을 때 그가 나름대로 짐작하거나 상상했던 바와는 달리, 믿을 수 없게도 그 소녀는 오히려 자신이 완전히 당하지 않은 것을 불만스럽게 생각하는 것처럼 보였기 때문에 그는 대단히 비통한 감정에 휩싸였다. 별로 그럴 만한 자격이 있는 것은 아니었지만 거의 경멸에 가까운 감정이 그를 엄습했다. 그는 도망쳐서 다시 예전의 고독 속으로 빠져들었으며, 누군가를 그리워하는 마음을 간직한 채 자신을 잃어갔다.

그래서 그는 다시금 우울한 마음과 들뜬 기분이 교차하던 옛 방식대로 한 시기를 보냈다. 그를 위로하고 그의 마음을 어루만지며 타락의 길에 들어서는 그를 제지할 수 있는 힘과 진지함을 갖춘 유일한 친구는 멀리 떨어져 있었다. 그래서 친구를 그리워하는 그의 마음은 또한 이런 면에서도 충족되지 못했다. 그는 이제 드디어 그 친구가 그곳에 틀림없이 나타난 것처럼 친구를 향해 격렬하게 팔을 한 번 뻗어보았다. 그리고 위로받지 못한 채 다시 팔을 늘어뜨리고 오랫동안 헛되이 기다렸다. 그는 눈물을 흘리지는 않았지만 그의 정신은 희망 없는 비애의 고통 속으로 떨어졌다. 그리고 그런 비애는 그가 더욱더 바보 같은 일을 하도록 부추겼다.

이제는 영원히 떠나고자 하는 도시가 장려한 아침 태양의 빛 속에 잠겨 있는 모습을 뒤돌아보았을 때 그는 매우 기뻐하며 크게 웃었다. 그 도시는 그가 어린 시절부터 사랑했고 아직까지 살고 있는 곳이었다. 그는 낯선 곳에서 자신을 기다리고 있을지도 모르는 새로운 고향의 신선한 삶을 떠올렸다. 그 고장의 모습을 벌써부터 열렬히 사랑한다고 생각했다.

그는 곧 자신을 구속하는 것은 하나도 없고 마음을 잡아끄는 것들이 많은 매력적인 거처를 발견했다. 새로운 대상들을 만나며 그의 힘과 기질이 활발해졌다. 그의 마음속에는 목표나 절제가 없었다. 신기하게 보이는 것은 무엇이든 관심을 가졌으며 어디든 관여했다.

그는 그런 소란스런 생활 속에서도 곧 공허하고 권태로운 기분을 느꼈기 때문에, 종종 자신의 고독한 꿈으로 되돌아가거나 채우지 못한 소망으로 엮여 있던 예전 생활을 반복했다. 한번은 거울에 비친 자신에게서 억압된 사랑의 불꽃이 검은 눈 속에서 암울하고 날카롭게 타고 있는 모습과, 검은 곱슬머리 아래로 고뇌에 가득 찬 이마에 주름살이 파여 있는 모습과, 심하게 창백해진 뺨을 보았다. 그러자 눈물이 한 방울 굴러떨어졌다. 그는 사용하지 못한 자신의 젊음을 한탄했다. 분한 마음이 들었다. 그래서 그는 자신이 알고 있는 아름다운 여자들 중에서 가장 자유분방하게 살며 품위 있는 사교 모임에서 가장 빛을 발하는 여자를 골랐다. 그는 그녀의 사랑을 얻기 위해 전력을 다하기로 마음먹었으며, 자신의 마음을 온통 그녀로 채우기로 결심했다. 이처럼 앞뒤를 제대로 헤아리지도 못하고 독단적으로 시작한 일은 건전하게 끝날 수 없었다. 아름다운 만큼 허영심이 강한 그 숙녀는 틀림없이 율리우스가 그녀의 주변에 거의 붙어 있다시피 지내려 하고, 진지하게 관심을 표하며, 그녀를 공략하는 방식이 매우 특이하다고 생각했을 것이다. 이때 율리우스는 때로는 오래된 남편처럼 대담하고 믿음직스럽게 굴다가, 또 때로는 완전히 모르는 사람처럼 소심하고 낯설게 행동했다. 이처럼 특이하게 행동했기 때문에 그는 허세를 부리기 위해서 훨씬 더 부자일 필요가 있었을 것이다. 그녀는 가볍고 활달한 성격이었으며, 그녀와의 대화가 그에게는 매력적으로 보였다. 그러나 그가 사랑하는 여인이 지니고 있다고 생각한 신성한 가벼움*이란 모든 것을 의도적으로 무의미하게 교란시키고, 남자들을 유혹하여 마음대로 휘두르고, 남자들이 아첨하는 말에 스스로 도취하도록 만들기 위해 필요한 만큼의 사고력과 영악함을 제외한다면, 본래의 기쁨이나 즐거움을 느끼지 못하고 아무런 정신도 깃들어 있지 않은 오직 맹목적인 행동으로만 나타나는 열정에 지나지 않았다. 불행하게도 그는 그녀가 베푸는 몇 가지 호의의 신호를 받아들였다. 베푸는 쪽인 그녀는 그것을 결코 인정하지 않을 것이기 때문에 그것은 결코 그녀를 구속할 수 없지만, 사로잡힌 신출내기들은 은밀한 마술에 의해 구속당하는 그런 호의였다. 은근한 시선이나 손을 잡아주는 것만으로도 이미 충분히 그를 황홀감에 빠뜨릴 수 있었

---

* 체면을 차리지 않고 가식을 벗어버린 본능적인 행동을 의미하는 가벼움은 낭만주의의 이상에 속하기 때문에 '숭고한hohen' '신성한göttlichen' 등의 수식어를 사용하여 표현했다.

다. 또는 그녀가 모든 사람들 앞에서 한 말도 그에게만 관련된, 그에게만 넌지시 보내는 말로 이해되었다. 이때는 단순하고 하찮은 선물이 특별한 의미를 갖는다는 착각 때문에 짜릿한 느낌을 주었다. 그는 그녀가 한층 더 노골적인 신호를 보냈다고 생각했다. 그녀가 자신을 잘 이해하지 못하고 앞서가는 것 같아서 그는 마음이 매우 상했다. 그러나 방해받지 않고 목표에 도달하기 위해서는 행동이 빨라야 하고 총애의 기회를 잘 잡아야 한다고 생각할 때마다, 그 신호는 마음을 상하게는 했지만 거역할 수 없을 정도로 그를 매료시켰기 때문에, 그런 상황을 그는 어느 정도 뿌듯해했다. 그녀가 앞서간다는 것이 착각일지도 모르며, 그녀는 자신과 진지하게 사귈 생각이 없을지도 모른다는 의심이 들었을 때, 그는 자신의 우둔함을 쓰라리게 질책했다. 한 친구가 그를 완전히 일깨워주자, 그는 모든 것을 의심할 바 없이 명백하게 알게 되었다. 그는 사람들이 그를 우습게 보고 있다는 것을 알았으며, 그게 당연하다는 것을 인정해야만 했다. 그로 말미암아 분노가 치밀어 올랐다. 그가 이런 공허한 인간들, 이들이 벌이는 사소한 사건과 다툼, 이들이 갖고 있는 꿍꿍이속과 관심사의 총체적인 모습 등을 정확하게 관찰하고 근본적으로 경멸하지 않았더라면 그는 매우 유감스러운 상황을 맞이했을 것이다. 그는 또다시 앞날을 알 수 없게 되었다. 그의 의심은 더 이상 끝이 없을 정도로 확대되었기 때문에 자신의 불신에 대해서도 의심할 정도가 되었다. 때때로 그는 문제의 원인을 오직 자신의 고집과 지나치게 섬세한 감정에서 찾으며 새로운 희망과 신뢰의 마음을 품으려고 했다. 그러다가 다른 순간에는 실제로 의도적으로 그를 따라다니는 것처럼 보이는 모든 불행에 앙심을 품은 사악한 음모가 있다고만 생각했다. 모든 것이 흔들렸다. 더할 나위 없이 바보스럽고 멍청한 짓이 대체로 남자 본래의 특권인 반면에, 순진한 모습을 보이지만 냉정하고, 미소를 짓고 있지만 무정한 것과 더불어, 이유 없이 영악하게 구는 것이 여자의 타고난 기질이라는 생각이 그에게는 점점 더 명백하고 확고해졌다. 그것이 그가 인간의 본성을 이해하기 위해 힘들게 노력해서 배운 모든 것이었다. 어떤 특별한 경우라도 그는 언제나 기묘하게도 문제의 진상을 파악하지 못했다. 그것은 그가 어디에나 인위적인 동기와 깊은 맥락이 존재한다는 것을 전제하고 있었기 때문이며, 하찮은 일에 대해서는 하등의 느낌도 갖고 있지 않았기 때문이다. 이때 그는 도박에 대한 열정을 키워갔다. 도박이 주는 무작위적인 복잡성, 색다른 경험, 요행 등이 그의 관심을 끌었다. 그는 한층 더 높은 수준에서 자신의 열정과 열정의 대상을 걸고 완전히 자신의 방식대로 도박을 하고 있는 것처럼 행동했으며, 또 그렇게 생각했다.

그렇게 그는 저급한 사회의 유혹에 점점 더 깊이 빠져들어가 갈피를 잡지 못했다. 그리고 이처럼 기분을 풀던 와중에 남아 있던 시간과 정력을 한 소녀에게 모두 쏟아부었다. 사실상 창녀인 여자들 중에서 찾은 소녀였지만, 그는 가능하면 그녀를 혼자 독점하고 싶어 했다. 유혹적인 관능의 기술 속에 담긴 보기 드문 노련함과 무진장하게 다양한 모습은 그녀를 인기 있게 만들어주고 유명하게 해주었지만, 그의 흥미를 끈 이유는 아니었다. 그녀의 소박한 위트는 그를 매우 놀라게 했으며, 순수하나 모자람이 없는 이성이 보여주는 밝은 불꽃과 더불어, 특히 단호한 태도와 변함없는 처신이 그를 가장 매료시켰다. 가장 타락한 상황에서 그녀는 인격의 일면을 드러냈다. 그녀는 매우 특이한 성격이었으며, 일반적으로 이기적인 면은 드러나지 않았다. 그녀는 독립심 다음으로 돈을 매우 좋아했지만, 돈을 사용하는 방법을 잘 알고 있었다. 그녀는 그다지 부유하지 않은 사람들에게든, 부자들에게든 누구에게나 공정하게 대하는 여자였다. 그녀는 돈 욕심은 있었지만 간계를 부리지는 않았으며, 걱정 없이 현재만을 위해 살고 있는 것처럼 보였지만 언제나 미래를 염두에 두고 있었다. 나중에 자기 방식대로 제대로 한번 크게 쓰기 위해서, 그리고 사치품을 얻기 위해서 그녀는 조금씩 저축했다. 그녀의 방은 간소했고 일반적인 가구는 일절 없었다. 다만 사방에 크고 화려한 거울이 있었으며, 남은 공간에는 코레조*와 티치아노**의 관능적인 작품을 모사한 몇 점의 멋진 그림이 있었다. 그리고 신선한 꽃과 과일로 가득한

---

* Corregio(1494~1534): 르네상스 시대에 활동했던 이탈리아의 화가이다. 본명은 안토니오 알레그리Antonio Allegri이며, 그의 후기 작품은 많은 바로크와 로코코 미술가들에게 큰 영향을 미쳤다. 그가 그린 「레다와 백조」는 히틀러가 매우 좋아했던 작품으로 베를린 국립 회화관에 소장되어 있다. 이 그림에는 관능적인 레다의 몸이 매우 아름답게 잘 묘사되어 있다.

** Vecellio Tiziano(1477?~1576): 이탈리아 르네상스의 대표적인 베네치아파 화가이다. 신화를 주제로 한 그림들에서는 그리스·로마 시대의 이교적인 쾌활함과 자유분방함을 느낄 수 있는데, 특히 벌거벗은 비너스나 다나에 등의 여성을 그린 그림에서는 그 누구도 능가할 수 없는 육체의 아름다움과 관능을 잘 표현했다.

멋진 정물화 원본이 몇 점 있었다. 벽의 아래쪽에는 나무나 대리석으로 만든 장식 판자 대신 매우 생생하고 쾌활한 인물들의 모습을 고전적인 양식으로 돋을새김한 석고 장식이 붙어 있었으며, 바닥에는 의자 대신 진짜 동양의 양탄자와 실물 크기의 절반 정도인 대리석 군상이, 즉 도망가다가 넘어진 님프*를 막 제압하려는 모습을 보여주는 욕망에 젖은 목양신 파우누스, 가운을 걷어 올리고 웃으면서 육감적인 등 너머로 엉덩이를 바라보는 비너스, 그리고 그저 그런 또 다른 석상이 몇 개 더 있었다. 그녀는 종종 이곳에서 하루 종일 혼자 튀르키예식으로 무릎 위에 손을 얹고 앉아서 한가하게 빈둥거렸다. 왜냐하면 그녀는 여성적인 모든 일을 싫어했기 때문이다. 다만 그녀는 때때로 향기를 맡으면 기분이 좋아졌다. 그럴 때면 그녀는 자신의 고용인이며 열네 살 때 그녀에게 유혹당한, 그림처럼 아름다운 한 소년에게 옛날이야기나 여행담, 동화 등을 낭독하게 했다. 그녀는 웃기는 부분이 나오거나, 그녀도 진실이라고 느꼈던 일반적인 의견을 기술한 몇몇 부분이 나올 때를 제외하고는, 낭독에 별로 주의를 기울이지 않았다. 왜냐하면 그녀는 어떤 것도 중요하다고 생각하지 않았고, 현실 이외에는 어떤 것에도 의미를 두지 않았으며, 모든 문학을 가소롭게 생각하고 있었기 때문이다. 그녀는 한때 여배우였지만 잠시 동안의 일이었고, 당시 연기를 하면서 미숙했던 점과 자신이 견뎌야 했던

---

* 그리스 신화에 나오는 님프인 시링크스는 반인반수의 목양신인 파우누스가 쫓아오자 도망가다가 강물에 가로막혀 잡히려는 순간 물의 님프들에게 도움을 청해 갈대로 변한다. 파우누스는 이 갈대를 꺾어 피리를 만들었다고 한다.

지루함을 웃음거리로 삼아 이야기하는 것을 좋아했다. 그럴 때 그녀가 자신에 대해 3인칭으로 말하는 것은 그녀가 가진 여러 가지 특징 중 하나였다. 이야기할 때도 그녀는 자신을 단지 리제테라고 불렀으며, 글을 쓸 수 있는 상황이 되어 자기 자신의 이야기를 쓰고자 할 때에는 마치 그것이 다른 사람의 이야기인 것처럼 썼다. 그녀는 음악에 대해서는 전혀 감각이 없었지만 조형미술에 대해서는 대단히 조예가 깊어서, 율리우스는 종종 그녀와 함께 자신의 작업이나 아이디어에 대해 이야기를 나누었으며, 그녀의 면전에서 대화를 나누며 그린 스케치를 최고로 여겼다. 하지만 그녀는 조각과 소묘에서는 살아 있는 힘만을, 회화에서는 색채의 마술과 육체의 진실만을 평가했고, 경우에 따라서는 빛의 환상을 평가했다. 누군가가 그녀에게 규칙이나 이상, 소묘 따위에 대해 말할 때면 그녀는 그저 웃거나 또는 전혀 귀를 기울이지 않았다. 자발적으로 그녀에게 무엇인가 가르쳐주려는 많은 사람들이 그녀 스스로 무언가 해볼 것을 권했지만, 그러기에 그녀는 너무나도 게으르며 까다로웠고 자기 방식대로의 삶을 아주 만족스럽게 영위하고 있었다. 그녀는 아첨하는 말은 어떤 것도 믿지 않았으며, 자신이 아무리 온갖 수고와 노력을 기울였다 하더라도 미술 분야에서 상당한 경지에 오르지는 못했을 것이라는 매우 강한 확신을 갖고 있었다. 아주 드물게 그녀의 선택을 받은 남자들에게만 보여주는 그녀의 방과 그녀의 취미를 누군가가 칭찬해주면, 그녀는 익살스러운 방식으로 우선 좋았던 옛 신세와 영악한 리제테를 자랑했다. 그러고 나서는 그녀가 알고 있는 국민들 중에서 영국인과 네덜란

드인이 가장 훌륭하다고 칭찬했다. 그것은 무엇보다도 이들 나라 출신의 몇몇 신출내기들이 자금이 풍부해서 그녀의 방을 잘 꾸미는 데 우선적으로 일조했기 때문이었다. 그녀는 대체로 멍청한 남자들을 속여먹을 때면 매우 즐거워했지만, 그 일을 아주 익살스럽고 거의 천진난만한 방식으로 재치 있게, 그리고 조잡스럽다기보다는 마음 내키는 대로 했다. 그녀는 영리한 머리를 남자들이 치근대거나 버릇없이 구는 것을 막는 데 사용했으며, 그것은 매우 성공적이어서 거칠고 난폭한 사람들이 진심으로 존경심을 가지고 그녀에 대해 이야기하게 되었다. 그러한 존경심이라는 것은 그녀를 잘 모르고 그녀의 직업에 대해서만 알고 있는 사람들에게는 정말로 우스꽝스럽게 보이는 것이었다. 처음에 호기심이 많은 율리우스를 부추겨 그처럼 묘한 사이가 되도록 만든 것도 바로 이런 점이었는데, 그는 곧 훨씬 더 많은 놀랄 만한 이유들을 발견했다. 평범한 남자들에게 그녀는 자신의 의무라고 생각하는 일을 싫어도 참아가며 해주었다. 그녀는 꼼꼼하고 능숙하고 예술적이었지만 아주 냉정했다. 그러나 자신의 마음에 드는 남자가 있으면 그를 자신의 성스러운 방으로 안내했는데, 그럴 때면 그녀는 완전히 새로운 인간이 된 것처럼 보였다. 그녀는 멋지게 술에 취한 것처럼 흥분하여, 거의 모든 예술적인 기교들을 다 잊고 거친 모습으로 흐트러져 지칠 줄도 모르는 채 열정적인 남성 숭배에 빠져들었다. 이런 이유로 율리우스는 그녀를 사랑했다. 또한 그녀가 그에게 완전히 빠져 있는 것처럼 보였기 때문에, 그녀가 많은 말을 하지 않았음에도 불구하고 그녀를 사랑했다. 그녀는 누군가가 지성적인 인간인지 아닌지를 금방 알아차렸다. 그리고 그가 지성적이라고 생각되면 그녀는 마음을 열고 호의적인 심정이 되어 기꺼이 그 친구가 세상에서 겪은 이야기를 할 수 있도록 귀를 기울여주었다. 많은 사람들이 이런 식으로 그녀의 지식을 넓혀주었지만 아무도 내면에 있는 본질을 이해하지 못했으며, 소중히 다루어주지도 않았고, 그녀의 본래 가치를 율리우스만큼 존중해주지도 않았다. 그래서 그녀는 말할 수 없을 정도로 율리우스에게 애착을 가지게 되었다. 어쩌면 그녀는 처음으로 자신의 풋풋했던 청춘 시절과 그때의 순결했던 자신을 감동적으로 회상했을 것이다. 그러자 전에는 그녀가 아주 만족스럽게 생각했던 주변 상황이 이제는 마음에 들지 않았다. 율리우스는 그것을 느끼고 기뻐했지만, 그녀의 현재 처지와 망가진 모습이 불러일으키는 경멸의 감정을 억제할 수 없었으며, 지울 수 없는 불신이 그때의 그에겐 정당한 것처럼 생각되었다. 그래서 그는 그녀가 언젠가 갑작스럽게 아버지가 되는 것에 대해 말하자 격분했다. 그리고 그는 그녀가 굳게 했던 약속을 어기고 최근에 다른 사내의 방문을 허락했다는 사실을 알고 있었다. 그녀는 그에게 그런 약속을 하지 않을 수 없었을 것이다. 아마도 그녀는 그 약속을 기꺼이 지키려고 했을 테지만, 율리우스가 줄 수 있는 것보다 훨씬 많은 돈이 필요했을 것이다. 그러나 그녀는 돈을 벌 수 있는 방법 중 한 가지만 알고 있었으며, 그녀가 그를 위해 유일하게 품고 있던 고상하게 보이고 싶은 마음 때문에, 그가 주고자 하는 돈의 최소한만을 받았던 것이다. 화가 많이 난 그 젊은이는 이런 모든 상황을 전혀 고려하지 않고 자신이 속았다는 생각만 했다. 그는 가혹한 어조로 그런 생각을 그녀에게 말했고, 흥분한 상태로 작심하고 그녀를 영원히 떠나버렸다. 그리고 얼마 지나지 않아서 그녀의 어린 고용인이 눈물을 흘리며 한탄하면서 그를 찾았다. 그 아이는 계속 찾아다니다가 율리우스를 만나 함께 돌아갔다. 율리우스는 이미 어두워진 방 안에서 옷을 거의 벗고 있는 그녀를 보았다. 그는 연인의 품속으로 쓰러졌고, 그녀는 예전처럼 두 팔로 격렬하게 그를 마주 끌어안았지만 곧바로 두 팔이 아래로 늘어졌다. 그는 깊게 신음하는 것 같은 숨소리를 들었고, 그것이 그녀의 마지막이었다. 자신을 살펴보니 온통 피범벅이었다. 너무 놀라서 그는 벌떡 일어나 도망치려고 했다. 그는 바닥에 떨어져 있는 피 묻은 칼 옆에 놓인 한 타래의 기다란 머리카락을 쥐기 위해 잠시 멈추어 섰다. 그녀는 대부분이 치명적인 그토록 많은 상처를 스스로 내기 직전, 절망적인 감정이 엄습하는 가운데 그 머리카락을 잘랐던 것이다. 아마도 그렇게 함으로써 타락과 죽음을 속죄하기 위한 제물로 자신을 봉헌하리라는 생각이었을 것이다. 왜냐하면 그 소년의 말에 따르면, 그녀는 그때 큰 소리로 다음과 같이 말했다고 한다. "리제테는 죽어야 해. 지금 바로 죽어야 해. 운명이 그것을 원하는 거야, 무정한 운명이."

이처럼 갑작스럽게 닥친 놀라운 비극이 그 예민한 젊은이에게 준 인상은 지울 수 없는 것이 되었으며, 그는 스스로 자책하며 내면에 점점 더 깊은 낙인을 새겼다. 리제테의 파멸 때문에 일어난 첫번째 중요한 일은, 그가 그녀와의 추억을 열광적인 존경심을 가지고 숭배하는 것이었다. 그는 리제테의 숭고한 정열을 전에 그를 유혹했던 그 숙녀의 비열한 술수와 비교했으며, 그의 마음은 리제테 쪽이 더 도덕적이고 여성적이라는 결론을 내렸다. 왜냐하면 그 요염한 여자는 속셈 없이는 크든 작든 호의를 전혀 베풀지 않았기 때문이다. 그럼에도 불구하고 그녀는 예쁘고 요염한 많은 다른 여인들과 마찬가지로 도처에서 존중받으며 받들어졌다. 그래서 그는 사람들이 여성의 정절에 대해 품고 있는 모든 생각을, 그것이 잘못된 생각이든 진실한 생각이든 강렬하게 반대했다. 그때까지는 전혀 상관하지 않았던 사회적 편견을 이제 드러내놓고 경멸하는 것이 그의 신조가 되었다. 그는 자신의 욕정에 희생당할 뻔했던 다정한 루이제를 생각하고는 깜짝 놀랐다. 왜냐하면 리제테도 훌륭한 집안 출신인데 일찍이 타락하고 꾐에 빠져 멀리 가출했다가 자존심이 너무 강해서 집으로 돌아가지 못했기 때문이다. 그리고 그녀는 마지막 경험이 아니라 첫번째 경험을 통해서 다른 여자들이 배운 것만큼 다 배웠기 때문이다. 그는 쓰라리지만 기꺼이 그녀의 유년 시절의 여러 가지 흥미로운 정보들을 수집했다. 그 당시 그녀는 경솔하기보다는 우울한 편이었으나 가슴 깊숙이 불꽃을 지니고 있었다. 그리고 이미 사람들은 어린 소녀인 그녀가 누드화를 바라보는 모습을 목격하거나, 다른 경우에는 대단히 야한 관능적인 세계에 대해 놀라운 말을 하는 것을 볼 수 있었다고 한다.

율리우스가 여성의 일반적인 모습이라고 생각했던 것과 다른 이러한 예외적인 모습은 너무나 유례가 없는 것이었고, 그녀를 만났던 환경 또한 너무나 불결했기 때문에 그는 그녀와의 만남을 통해서 여자에 대한 진실한 이해에 도달할 수 없었다. 오히려 그의 감정은 여자들로부터, 그리고 여자들이 분위기를 이끄는 사교 모임으로부터 완전히 떨어져 나오도록 그를 내몰았다. 그는 자신의 격정적인 성격을 염려했으며, 자신과 마찬가지로 쉽게 열정에 빠질 소지가 다분한 젊은이들과의 우정에 모든 의미를 두었다. 그는 그들에게 마음을 다 바쳤으며, 그에게는 그들만이 진실로 현실이었다. 그리고 그 밖의 하찮은 환영과도 같은 무리들을 무시할 수 있게 된 것에 대해 그는 기뻐했다. 그는 열정적으로 그리고 궤변을 섞어가며 친구들과 그들의 훌륭한 자질과 자신과의 관계에 대해 마음속으로 논쟁을 벌였으며, 곰곰이 생각을 곱씹었다. 그는 자신의 생각과 내면의 대화에 열중했으며, 자부심과 남성성에 도취되었다. 그의 젊은 친구들도 모두 고상한 사랑에 불타올랐으며, 많은 위대한 힘이 아직 발현되지 않은 채 잠재되어 있었다. 그들은 투박하지만 적절한 언어를 사용하여 예술의 경이와 삶의 가치에 대해서, 그리고 미덕과 자주성의 본질에 대해서 종종 고상한 대화를 나누었다. 그러나 주로 나누었던 대화는 율리우스가 삶의 본질적인 과제로 삼으려 했던, 남자들의 우정이 지닌 신성한 특성에 대한 것이었다. 율리우스는 친구가 많았으며, 언제나 지칠 줄 모르고 새로운 관계를 만들어나갔다. 그는 관심을 끄는 모든 남자들을 찾아다녔으며, 상대방의 마음을 얻을 때까지 그리고 젊은 혈기의 거리낌 없는 행동과 자신감으로 상대방의 신중함을 이겨낼 때까지 쉬지 않고 노력했다. 자신에게는 사실상 거의 모든 것이 허용되어 있다고 느끼며 조롱을 개의치 않았던 율리우스가 일반적으로 통용되는 것과는 다른 예의의 개념을 가지고 있었다는 것은 확실하다.

한 친구를 만나서 사귀는 동안 그는 그 친구에게서 여성 이상으로 배려하는 마음과 부드러운 감성이 숭고한 지성이나 교양 있는 품성과 결합되어 있음을 발견했다. 두번째 친구는 그와 함께 잘못된 시대에 대해 기품 있게 불만을 토로했으며, 어떤 위대한 일을 하고 싶어 했다. 세번째 친구의 사랑할 만한 정신은 여전히 모호한 암시였지만, 그는 모든 것에 대해 다감한 감성을 지니고 있었으며 세계를 직관적으로 인지했다. 그는 한 친구를 살맛 나게 하는 삶의 기술을 가진 스승으로 존경했다. 또 다른 친구를 그는 자신의 문하생처럼 생각하고 당분간은 그의 타락에까지 동참하기 위해 자신을 낮추고자 했다. 그것은 그를 알고 그의 마음을 얻고 나서, 예전의 자기 자신과 마찬가지로 거의 구렁에 빠져 방황하는 그의 훌륭한 기질을 구제하기 위해서였다.

그들은 진지하게 얻고자 했던 위대한 목표들이 있었다. 그럼에도 불구하고 고상한 말과 훌륭한 소망들은 계속 정체되었다. 율리우스는 더 이상 나아가지 못했으며, 더 이상 명료하게 이해하지도 못했다. 그는 아무런 일도 하지 않았으며, 아무것도 이루지 못했다. 실제로 그는 자신이 완성시키려 했고, 최초로 감격의 순간을 맞이했을 때는 이미 완성된 것처럼 여겨지기도 했던 모든 작품의 기획에 자신과 친구들이 지나칠 정도로 관심을 가졌던 그때와 마찬가지로, 자신의 예술을 소홀히 하지는 않았다. 그는 여전히 자신에게 남아 있던 진지한 충동이 조금이라도 일어나려고 하면 음악을 들으며 억눌렀다. 음악은 그에게 자신이 기꺼이 의도적으로 빠져든다고 생각하는 동경과 애수의 위험하고 바닥을 알 수 없는 심연이었다.

이러한 내적인 동요가 건강에 좋을 수 있었을 것이다. 절망에서 정신적인 안정과 의연함이 생길 수도 있고, 자신에 대해서 냉정해질 수도 있었다. 그러나 불만족으로 인해 생긴 분노 때문에 자아 전체에 대한 견해를 어느 정도 가지고 있던 그의 기억은 분열되어버렸다. 그는 목마른 입술로 현재에만 매달려 살았다. 그리고 그토록 오랫동안 추구해왔던 것을 마침내 한순간에 틀림없이 찾을 수 있을 것처럼, 무량한 시간에 비하면 무한히 작지만 깊이를 측량하기 어려운 매 순간에 끊임없이 몰두했다. 이러한 불만족에 대한 분노가 틀림없이 그와 친구들의 기분을 상하게 하고 사이를 틀어지게 만들었을 것이다. 그와 마찬가지로 그의 친구들 또한 재주가 뛰어났음에도 불구하고 대부분의 시간을 빈둥거리며 자기 자신과 갈등을 겪고 있었다. 한 친구는 그를 이해하지 못하는 것처럼 보였고, 다른 친구는 그의 정신은 찬탄했지만 그의 마음에 대해 불신을 토로했으며, 실제로 그에게 부당한 행동을 했다. 그때 그는 자신의 정신적인 명예가 심하게 훼손되었다고 느꼈으며, 남모를 증오심 때문에 가슴이 찢어지는 것 같았다. 그는 이러한 감정에 부끄러움 없이 몸을 맡겼다. 왜냐하면 그는 존경하는 사람만을 증오할 수 있으며, 친구만이 다른 친구의 섬세한 마음에 그토록 심한 상처를 낼 수 있다고 믿었기 때문이다. 한 친구는 자신의 잘못 때문에 몰락을 맞이했고, 다른 친구는 스스로 완전히 평범해지기 시작했다. 세번째 친구와의 우정은 빗나갔고 거의 소원한 관계가 되었다. 처음에 맺었던 그들의 관계는 완전히 정신적인 것이었고, 또한 그렇게 남아 있어야 했다. 그러나 그 관계는 너무나 연약해서 전성기와 더불어 모든 것이 확실히 사라졌다. 한 사람이 다른 사람을 도와줄 기회가 생겼을 때 그들은 서로 너그러운 마음을 보여주고 고마운 행동을 하려는 경쟁에 빠져들었고, 드디어는 내밀한 영혼의 심연 속에서 서로에 대한 세속적인 요구를 하고 비교하기 시작했던 것이다.

오직 자의에 의해서 격정적으로 맺어졌던 그 모임은 곧 가차없이 유대감을 상실했다. 율리우스는 언제 어느 정도까지 힘을 쓸 것인가를 어느 정도 스스로 통제할 수 있다는 점에서 미친 것과 구별되는 상태에 점점 더 깊이 빠져들었다. 온갖 고통의 실타래가 그의 내면을 거칠게 갈가리 찢고 정신의 질병이 점점 더 깊이 은밀하게 그의 심장을 갉아먹을 때, 겉으로 보이는 그의 행동은 시민적이고 사회적인 모든 규범을 따랐기 때문에 사람들은 이제 그가 이성적이라고 말하기 시작했다. 그러나 이성의 광기라기보다는 감정의 광기였으며, 겉으로는 그가 기쁘고 즐거워 보였기 때문에 오히려 병은 더욱더 위험했다. 그의 일상적인 분위기가 그랬기 때문에 사람들은 그가 사실상 즐겁게 지내고 있다고 생각했다. 평소보다 술을 더 많이 마셨을 때만 그는 극도로 슬퍼져서 눈물을 흘리며 탄식을 했다. 그러나 다른 사람이 있을 때면 날카로운 익살의 말들을 쏟아내고 모든 것을 조롱했다. 그러지 않으면 기이하고 바보 같은 사람들을 놀리며 어울렸다. 이제 그는 무엇보다도 그런 사람들과 지내는 것을 좋아했으며, 그들을 아주 기분 좋게 만들어주는 방법을 알고 있었다. 그래서 그들은 마음을 열고 있는 그대로 자신의 모습을 완전히 보여주었다. 그런 속된 일이 그를 흥분시켰고 즐겁게 했다. 그것은 그가 생색을 낼 수 있었기 때문이 아니라, 그들을 바보 같은 사람이나 미친 사람이라고 생각했기 때문이다.

그는 자신에 대해 생각하지 않았다. 다만 때때로 자신이 갑자기 죽게 될 거라는 생각이 그를 엄습했다. 그는 보란 듯이 그런 생각을 억눌렀다. 자살에 대한 생각과 상상은 이미 일찍이 우울했던 젊은 시절 초기에 그에게 너무도 익숙해졌기 때문에 새로운 매력을 상실하고 있었다. 그가 결심을 할 수만 있었더라면 그런 결심을 이행할 수도 있었을 것이다. 그러나 그는 존재의 무료함과 운명에 대한 혐오를 그런 방법으로 도피하고 싶지 않았기 때문에 그것이 그에게는 노력할 가치가 없어 보였다. 그는 세계와 모든 것에 대해 혐오했으며 그런 일을 자랑스러워했다.

처음으로 그의 정신을 완전히 사로잡은, 비할 나위 없이 탁월한 한 여인을 처음 본 순간 이러한 병도 이전의 모든 다른 병들과 마찬가지로 치유되었으며 사라졌다. 그때까지 그가 몰두했던 감정은 피상적으로만 작용하거나 그의 삶에 아무 영향을 주지 못하고 사라져버렸다. 이 여자만이 올바른 사람이고 이러한 인상은 영원할 것이라는 전에 없던 새로운 느낌이 그를 사로잡았다. 이미 그가 오랫동안 무의식적으로 기대해왔던 것이 이제야 나타나 현실이 되었다. 그것은 첫번째 만남에서 이미 결정되었으며, 두번째 보았을 때 그는 그것을 알았고 스스로 그렇게 말했다. 그녀의 사랑을 받고 그녀를 영원히 소유하는 것이 가장 큰 행복일 것이라는 생각이 들었지만, 또한 동시에 이러한 최고의 유일한 소망이 결코 이루어질 수 없을 것이라는 기분이 들어서 그는 놀랐으며 두려워졌다. 그녀는 남자를 선택한 상태였고, 그에 걸맞게 행동했다. 그녀의 남자 친구는 또한 그의 친구였다. 그 친구는 그녀에게 사랑받을 만한 삶을 살고 있었다. 율리우스는 그들과 아주 친밀한 사이였다. 그래서 그는 자신을 불행하게 만드는 모든 원인을 정확히 알고 있었으며, 자신의 하찮은 면에 대해 엄정하게 판단했고, 그것들을 극복하는 쪽에 열정의 모든 힘을 쏟아부었다. 그는 희망과 행복을 단념하고 있었지만, 이젠 그것을 얻고자 했으며 자신을 절제하기로 마음먹었다. 자신을 채우고 있는 진실한 그 마음을, 몇 마디의 부주의한 말이나 슬쩍 쉬는 한숨만으로도 드러내려는 생각을 그는 아주 싫어했다. 확실히 어떤 표현을 하더라도 맹랑하게 보였을 것이다. 그리고 그의 마음은 매우 충동적이고 그녀는 아주 섬세하며 그들의 관계는 대단히 민감했기 때문에, 무의식적인 것처럼 보이지만 알아봐주기를 원하는 유일한 암시가 계속 남아서 모든 것을 다 엉클어버릴 수도 있었을 것이다. 그래서 그는 모든 사랑을 마음속 깊이 몰아넣고 열정은 날뛰다 불타 소멸되게 했다. 그러나 겉모습은 완전히 바뀌었다. 비위를 맞추면서 좋아하는 감정을 드러내는 것을 원하지 않았기 때문에 그가 취했던 일종의 남성적인 강인한 모습과 어린애처럼 솔직하고 순진한 모습은 매우 성공적이어서, 그녀는 조금도 의심하지 않았다. 그녀는 행복에 젖어 밝고 쾌활했으며, 아무것도 탓하지 않고 아무것도 두려워하지 않았다. 그의 기분이 좋지 않다고 느낄 때면 재치와 익살을 마음껏 보여주었다. 그녀의 본질 속에는 여성의 천성이라고 할 수 있는 부드러움과 기품과 거룩함이 있었다. 그리고 장난기도 있었지만 모든 것이 섬세하고 교양 있고 여성스러웠다. 개개의 특성들은 오직 스스로를 위해서만 존재하는 것처럼 자유롭고 힘차게 전개되어 나타났다. 그럼에도 불구하고 그토록 서로 다른 것들이 다채롭고 과감하게 혼합되어 있는 모습이 전체적으로 볼 때는 혼란스럽지 않았다. 왜냐하면 어떤 정신이 조화와 사랑의 생생한 숨결을 불어넣어주었기 때문이다. 그녀는 연기 훈련을 제대로 받은 여배우가 장난기를 갖고 절묘하게 연기한 코믹하고 황당한 연기를 흉내 낼 수 있었으며, 동시에 꾸밈없는 음성으로 매혹적인 품위를 갖추어 고상한 시를 낭송할 수도 있었다. 때때로 그녀는 모임에서 남들의 시선을 받으며 끼를 부리고 싶어 했고, 어떤 때는 완전히 열광에 빠져 있었으며, 때로는 부드러운 어머니처럼 진지하고 겸손하고 친절하게 조언과 조력을 아끼지 않았다. 사소한 일도 그것을 이야기하는 그녀의 방식에 따라 아름다운 동화처럼 매력적으로 변했다. 그녀는 이해심을 갖고 재치 있게 모든 것을 포용했으며, 모든 것에 대한 감각을 갖고 있었다. 모든 것은 그것을 만들어내는 그녀의 손과 달콤하게 말하는 그녀의 입술을 통해서 고상하게 변모되어 나타났다. 너무 고상하거나 또는 너무 평범해서 그녀가 열정적으로 관여할 수 없는 것은 하나도 없었다. 그녀는 암시적인 말들을 모두 다 알아들었고, 말하지 않은 질문에도 대답했다. 그녀에게 설교를 한다는 것은 불가능했다. 저절로 대화가 되었으며 점점 흥미로워지는 동안 그녀의 섬세한 얼굴에는 총명한 눈매와 사랑스런 표정이 이루어내는 새로운 음악이 언제나 감돌았다. 대화를 한다고 생각하며 쓴 그녀의 편지를 읽을 때면 사람들은 그러한 표정이 상황에 따라 어떻게 바뀌는지를 거의 볼 수 있다고 생각했다. 그 정도로 알기 쉽고 감동적으로 그녀는 편지를 썼다. 오로지 이러한 측면에서만 그녀를 알았던 사람들은 누구나 그녀가 단지 호감이 가는 여인이며, 여배우가 된다면 매력을 발산할 것이라고 생각했을 것이다. 그리고 그녀의 말에는 오직 부드러운 시를 이루는 함축과 운율이 결여되어 있을 뿐이라고 생각했을 것이다. 그러나 놀랍게도 바로 이런 여인이 중요한 순간마다 용기와 힘을 보여주었다. 그리고 그것은 또한 그녀가 인간의 가치를 판단하는 고귀한 관점이었다.

그녀의 정신에 깃들어 있는 이런 숭고한 모습이 율리우스가 열정의 초기에 대체적으로 파악한 그녀 본질의 일면이었다. 왜냐하면 이러한 숭고함이야말로 그가 진지하게 열중했던 이유에 가장 합당했기 때문이다. 말하자면 그의 전 존재는 외면에서 내면으로 물러섰다. 그는 아주 내성적이 되었고, 사람들과의 교제를 피했다. 우툴두툴한 바위는 그가 가장 사랑하는 동료가 되었고, 한적한 해변에서 생각에 잠겨 깊은 사색에 빠져들었다. 바람을 맞은 키 큰 전나무들이 쏴쏴 소리를 낼 때면, 그는 저 밑으로 강력한 파도가 관심과 동정심을 품고 그에게 다가오고 있다고 생각하면서, 멀리 있는 몇 척의 배와 지는 해를 우울하게 바라보았다. 이 장소가 그는 마음에 들었다. 이곳이 그에게는 고통과 결단의 성스러운 고향이 되었다고 그는 회상했다.

고매한 여자 친구를 숭배하는 것이 그의 정신에는 새로운 세계의 중심이자 토대가 되었다. 여기서 모든 회의가 사라지고, 이러한 진정한 소유에서 그는 인생의 가치와 의지의 무한한 힘을 느꼈다. 실제로 그는 풍성한 모성의 대지에 펼쳐진 시원한 초원 위에 서 있었으며, 새로운 하늘이 그의 머리 위 푸른 창공에 무한한 아치형 지붕을 이루고 있었다. 그는 자신의 내부에 신적인 예술을 향한 숭고한 소명이 있음을 알았으며, 지적 성장이 너무 뒤떨어지고 강력한 도전을 하기에는 너무 약해져버린 자신의 태만을 자책했다. 그리고 헛되이 낙담하지 않고 성스러운 의무를 알려주는 소리를 따랐다. 이제 그는 여전히 방치하고 있던 모든 수단들을 다 동원했다. 그는 자신을 구속하고 있던 모든 것들을 부숴버리고 단숨에 완전히 벗어나 독립했다. 그는 고귀한 예술 작업과 영감에 자신의 힘과 젊음을 모두 바쳤다. 흠모하는 마음으로 숭배하는 유적의 시대에 살던 영웅들을 그는 시대를 잊고 자신의 모범으로 삼았다. 그는 언젠가 영웅의 덕과 위엄을 기념하는 영원한 작품을 완성하겠다는 희망과 미래 속에서만 살았기 때문에 그에게는 현재도 존재하지 않았다.

그는 여러 해를 그렇게 고생하며 보냈으며, 그를 본 사람들은 그가 나이보다 더 늙어 보인다고 생각했다. 그의 작품은 거대한 규모를 염두에 두고 고전적인 스타일로 형상화되었는데,

진지한 모습은 겁이 날 정도였고 형식은 무시무시했다. 그에게 고전은 딱딱한 매너리즘이 되었다. 그의 그림은 매우 철저하고 통찰력이 있음에도 불구하고 뻣뻣하게 굳어 있었다. 칭찬할 만한 점이 많았지만 우아함이 결여되어 있었다. 이런 점에서 그는 작품과 닮아 있었다. 그의 성격은 신적인 사랑의 고뇌 속에서 순수하게 단련되고 밝은 힘 속에서 빛을 발했지만, 그는 진짜 강철처럼 딱딱하게 경직되어 있었다. 그는 냉담하기 때문에 침착했는데, 다만 고독한 자연의 매우 거칠고 황량한 모습이 평소와 다르게 황홀하게 보일 때나, 멀리 있는 여자 친구에게 자신이 힘들게 싸워나가고 있는 인격 도야 과정과 모든 일의 목표에 대해 성실하게 보고를 할 때나, 다른 사람과 함께 있는 자리에서 예술에 대한 영감이 갑자기 그를 엄습해 실로 오랜 침묵을 깨고 널리 인용될 만한 멋진 말 몇 마디가 가슴 깊은 곳에서 튀어나올 때는 매우 흥분했다. 그러나 그는 자기 자신과 마찬가지로 다른 사람들에게도 별로 관심이 없었기 때문에 그런 경우는 아주 드물었다. 다른 사람들의 행복이나 노력에 대해서는 친절하게 웃어줄 수 있을 뿐이었고, 다른 사람들이 그를 무뚝뚝하고 달갑잖은 사람으로 여기고 있다는 사실을 알았을 때는 그들의 말이 맞는다고 생각했다.

그런데 그에게 관심을 갖고 그를 다른 사람보다 더 좋아하는 것처럼 보이는 한 기품 있는 여인이 나타났다. 그녀의 세련된 정신과 부드러운 감성이 그의 마음을 세차게 끌어당겼다. 이러한 것들은 사랑스럽고도 매력적인 외모와 고요한 우수를 담고 있는 눈 때문에 더욱더 뛰어나 보였다. 그러나 그녀와 좀더 가까워지려고 할 때마다 오랫동안 굳어진 불신의 마음과 습관적인 냉정함이 그를 막아섰다. 그는 그녀를 자주 보았지만 결코 그녀에게 마음을 드러낼 수 없었다. 그래서 이러한 감정의 흐름 또한 결국에는 일반적인 열정을 담고 있는 내면의 바다로 되돌아갔다. 그의 마음을 끌어당겼던 그 여인조차도 성스러운 어둠 속으로 물러났으며, 다시 만났다고 하더라도 그녀는 그의 마음에서 멀어진 상태로 남아 있었을 것이다.

그에게 비교적 온화하고 따스한 느낌을 주었던 유일한 것은, 그가 누이로서 존경하고 사랑했으며 또한 오직 그렇게만 생각했던 또 다른 여인과의 교제였다. 그는 이미 꽤 오랫동안 그녀와 허물없이 지내고 있었는데, 그녀는 병약한 편이었고 그보다 약간 연상이었다. 그러나 동시에 그녀는 밝고 성숙한 이성과 솔직하고 건전한 마음을 가지고 있었으며, 낯선 사람에게도 공정하게 호의를 베풀었다. 그녀가 한 일은 모두 친숙한 질서의 정신을 뿜어냈다. 현재의 행동은 저절로 과거의 행동으로부터 비롯되어 점차 발전하여 미래의 일과 조용히 합쳐질 것이었다. 이러한 생각에서 율리우스는 일관성만이 유일한 덕이라는 것을 명확히 인식했다. 그러나 그녀의 일관성은 계산된 원칙이나 주관적 판단들에 대해서 차갑고 완고하게 동의하는 것이 아니라, 모성의 마음으로 끈기 있게 신뢰하는 것이었다. 모성의 마음은 활동과 사랑의 영역을 겸손한 힘으로 확장하여 그 안에서 완성되며, 주변 세계에 있는 다듬어지지 않은 사물들을 친숙한 소유물과 사회생활의 도구로 만드는 마음이다. 또한 그녀에게는 가정주부에게서 나타나는 편협성이 거의 보이지 않았다. 그녀는 사람들의 일반적인 의견에 대해서, 그리고 흐름을 거슬러 살아가는 사람들의 비정상적이고 무절제한 생활에 대해서 깊이 배려하는 마음을 갖고 피부로 느껴질 만큼 부드럽게 이야기했다. 왜냐하면 감성이 순수하고 순진한 것처럼 그녀의 마음도 오염되지 않았기 때문이다. 그녀는 도덕적인 주제에 대해서 즐겨 이야기했으며, 논쟁이 일어나면 일반적인 영역으로 이끌었고, 세부적인 이야기가 무언가를 포괄하고 있는 것처럼 보이거나 매우 의미가 있는 것처럼 여겨질 때면 그에 대한 애착을 드러냈다. 그녀는 말을 아끼지 않았으며 그녀와의 대화는 어떠한 규칙에도 얽매이지 않았다. 그것은 개별적인 생각과 일반적인 공감이 어우러지고, 지속적인 집중과 갑작스런 분산이 어우러진 매력적인 혼돈이었다.

자연은 결국 뛰어난 여인이 지닌 모성의 덕에 보답해주었다. 그녀가 희망을 거의 포기하고 있을 때, 그녀의 진실한 심장 아래로 새로운 생명이 움을 틔웠다. 그것은 그녀에게 애착을 갖고 따뜻한 관심을 보이던 젊은이를 생동감 넘치는 기쁨으로 채워주었다. 그리고 그 젊은이의 내면에서 오랫동안 잠들어 있던 많은 것들이 깨어났다.

이제 몇 번의 예술적 시도가 그의 가슴에도 새로운 자신감을 불러일으켰으며, 처음으로 받아본 위대한 대가의 갈채가 그에게 용기를 주었다. 그리고 예술이 그를 새롭고 놀라운 장소로 이끌고 처음 만나는 즐거운 사람들 사이로 인도했기 때문에 그의 감정은 부드러워졌으며, 얼음이 녹아 깨어지고 새로운 힘을 얻은 물결이 옛길을 뚫고 나아갈 때의 거대한 강물처럼 힘차게 흘렀다.

그는 다시 사람들과의 모임에 참가해 느긋하고 즐겁게 지내는 자신을 발견하고 놀랐다. 그의 사고방식은 남자답고 거칠었지만, 고독감을 느끼는 그의 마음은 다시 순수해지고 수줍음을 타게 되었다. 그는 고향을 동경했으며 예술의 요구와 충돌하지 않는 아름다운 결혼에 대해 생각했다. 꽃 같은 젊은 소녀들과 함께 있을 때면 그들 중 한두 명은 사랑스럽다고 가볍게 생각했다. 아직은 사랑할 수 없다 하더라도 결혼할 수는 있다고도 생각했다. 왜냐하면 사랑의 개념과 이름 자체는 그에게 너무나도 성스럽고 아주 멀리 떨어져 있는 것이었기 때문이다. 그럴 때면 그는 그런 순간적인 소망이 갖고 있는 너무나 뻔한 한계를 생각하고 비웃었으며, 이러한 바람이 설령 요술 지팡이에 의해 갑자기 이루어진다고 하더라도 엄청나게 많은 것들이 여전히 부족할 것임을 느꼈다. 또 어떤 때는 그토록 오랫동안 절제된 생활을 함으로써 나타난 오래된 성급한 기질을 생각하며 그는 크게 비웃었다. 왜냐하면 우연히 그는 삽시간에 읽어치우고 결론을 내리는 자기 나름대로의 방식으로 한 편의 소설을 읽었는데, 그것이 그에게 신선한 기쁨을 주고 그와 함께 변덕스러운 기질의 일부를 완화시켜 가볍게 해주었기 때문이다.

그는 매우 교양 있는 한 소녀와 나누는 진실한 대화와 그녀의 아름다운 정신에 진심으로 감탄하여 그녀에게 구애를 했는데, 감언이설을 늘어놓지 않고 자신의 방식대로 했기 때문에 그녀가 그에게 매력을 느꼈다. 그녀는 매우 기뻐하며 마지막 것을 제외하고 점차로 모든 것을 허락했다. 마지막이라는 한계를 정한 것도 그녀가 냉정하거나 신중하게 생각하거나 원칙을 지키는 편이라서가 아니었다. 왜냐하면 그녀는 충분히 매력적이었고 매사를 가볍게 생각하는 성향이 있었으며, 자유로운 환경에서 살았기 때문이었다. 그러한 저항은 여자의 자존심이었으며, 또한 동물적이고 거칠다고 생각한 것에 대한 혐오감의 표현이었다. 완성의 기회를 주지 않는 그런 행위는 율리우스의 취향이 아니었으며, 그는 그 소녀의 속 좁은 생각에 대해 비웃지 않을 수 없었다. 그렇다고 하더라도 이처럼 부자연스럽고 지나치게 세련된 인물을 보면서도 여전히 전능한 자연의 창조와 활동을 생각하고, 영원한 섭리를 생각하고, 모성의 고귀함과 위대함을 생각하고, 그리고 건강과 사랑이 충만한 가운데 삶의 환희에 사로잡힌 남자의 아름다움이나 또는 그 환희에 몰두하는 여성의 아름다움에 대해 생각했을 때, 그는 그 순간 자신이 미묘하고 섬세한 관능에 대한 감각을 아직도 잃지 않았다는 사실을 알게 되어 기뻤다.

하지만 그는 자신만큼이나 열렬히 아름다움을 숭상하고 고독과 자연을 사랑하는 것처럼 보이는 한 젊은 여류 예술가를 만났기 때문에, 앞서 말한 것과 같은 이런저런 사소한 일들을 곧 잊어버렸다. 그녀의 풍경화에서는 진짜 공기의 생생한 숨결을 보고 느낄 수 있었으며, 그것들은 언제나 완전한 경관을 보여주었다. 윤곽은 매우 흐릿한 데다가 꼼꼼한 훈련이 부족하다는 것을 드러내는 것 같았지만, 모든 부분들은 느낌상 어떤 다른 반응을 보일 수 없을 만큼 분명하고 명료한 통일체의 조화로움을 이루고 있었다. 그녀는 생계나 예술을 위해서가 아니라 좋아해서 즐거운 마음으로 그림을 그렸으며, 여행 중에 마음에 들거나 주의를 끄는 풍경이 있을 경우 기분이 내키고 시간이 허락되면 펜이나 물감으로 종이에 옮겨놓았다. 그녀는 유화를 그리기에는 인내심과 근면함이 부족했으며, 초상화는 인물이 뛰어나거나 가치가 있다고 여길 때를 제외하고는 거의 그리지 않았다. 그러나 작업을 할 때 그녀는 매우 성실하고 세심했으며, 파스텔을 매혹적으로 부드럽게 다루는 법을 알고 있었다. 이러한 노력은 예술적으로 볼 때 가치가 제한적이고 사소한 것일 수도 있지만, 율리우스는 그녀가 그린 풍경화에서 나타나는 아름다운 야성을 보고 적잖이 기뻐했다. 그리고 인간이 지닌 이목구비의 측량할 수 없는 다양성과 놀라운 조화를 파악한 그녀의 정신을 보고 매우 좋아했다. 그것들은 그 여류 예술가의 이목구비처럼 단순했지만 평범하지 않았고, 율리우스는 언제나 새로운 훌륭한 표정들을 그 속에서 찾아냈다.

루친데는 낭만적인 것에 대한 결정적인 성향을 가지고 있었다. 그는 그녀에게서 이처럼 언제나 새롭게 나타나는 자신과 닮은 점을 보고 놀랐으며, 그것을 점점 더 많이 발견해냈다. 또한 그녀는 평범한 세계에 살지 않고 자신이 스스로 생각하고 만들어낸 세계 속에서 살아가는 인간들 가운데 한 명이었다. 그녀가 진심으로 사랑하고 귀하게 여기는 것만이 실제로 그녀를 위해 존재하는 현실이었고, 다른 모든 것은 아무것도 아니었다. 그리고 무엇이 가치가 있는지를 알고 있었다. 또한 과감하게 결단을 내린 그녀는 모든 고려 사항과 모든 구속의 끈을 끊어버리고 완전히 자유롭고 주체적인 삶을 살았다.

이런 놀라운 동질성이 그 젊은이를 곧 그녀의 주변으로 이끌었으며, 그 젊은이는 그녀 또한 이러한 동질성을 느끼고 있다는 사실을 깨달았다. 그리고 두 사람은 서로에게 무관심하지 않다는 사실을 알아차렸다. 오래지 않아 그들은 만나게 되었으며, 그때 율리우스는 의미는 있으나 명확하지도 않고 관계도 없는 말을 겨우 몇 마디 할 수 있었다. 그는 그녀의 운명과 다른 사람에 비해서 비밀스러웠던 과거의 삶을 간절히 알고 싶었다. 그녀는 태어나자마자 죽은 사랑스러웠던 한 아이의 엄마였다고 극도의 정신적인 고통을 참아가며 그에게 고백했다. 그 또한 자신의 과거를 회상했으며, 자신의 삶을 그녀에게 이야기함으로써 비로소 그의 삶은 전체가 하나로 연결된 역사가 되었다. 율리우스가 그녀와 음악에 대해 이야기를 나누고, 이 낭만적인 예술의 성스러운 마법에 대한 가장 내면적이고 고유한 자신의 생각을 그녀의 입을 통해 들었을 때, 그는 얼마나 행복했던가! 부드러운 영혼의 깊은 곳에서 순수하고 강하게 울려 나오는 그녀의 노래를 들었을 때, 그 노래에 그가 함께 동참함으로써 두 사람의 음성이 때로는 하나가 되어 흐르고 때로는 어떤 언어도 필요 없이 가장 부드러운 감성에서 나온 문답으로 오갔을 때, 그는 얼마나 행복했던가! 그는 자신을 억제할 수 없어서 떨리는 입술로 그녀의 싱그러운 입술과 타오르는 눈에 수줍게 입맞춤을 했다. 그는 고귀한 사람의 신성한 머리가 자신의 어깨에 얹히고 검은 머리가 풍만한 가슴과 아름다운 등의 백옥 같은 살결에 흘러내리는 것을 영원히 황홀할 것만 같은 마음으로 느꼈다. 그는 "고귀한 여인이여!"라고 나지막이 말했다. 그리고 바로 그때 불길한 무리*가 돌연히 방으로 들어왔다.

이제 그녀는 그의 생각에 맞추어 정말로 모든 것을 그에게 허락했다. 그토록 순수하고 고상하게 생각했던 관계를 맺기 위해 옥신각신한다는 것이 그에겐 불가능했다. 그리고 모든 머뭇거리는 행동을 그는 참을 수 없었다. 그는 여신 같은 존재에게 겨우 일시적이고 수단에 불과한 것을 간청해서는 안 되고, 원하는 모든 것을 있는 그대로 솔직히 고백해야 한다고 생각했다. 그래서 그는 사랑하는 여인에게 요구할 수 있는 모든 것을 그녀에게 요구했으며, 그녀가 너무 여성답게 조신한 행동을 취하려 한다면 그는 열정을 참지 못해 대단히 괴로워할 것이라고 능숙한 화술로 그녀에게 설명했다. 그녀는 적잖이 놀랐지만, 어쩌면 관계를 맺은 후에 그가 그녀를 전보다 더 사랑하게 되고 더 성실해질 것이라고 생각했다. 그녀는 결정을 내리지 못하고 그 일이 우연히 이루어지도록 내버려두었다. 불과 며칠이 지나지 않아서 그녀가 그에게 영원히 몸을 맡기고 고귀한 영혼의 심연을 열어 보이며, 내면의 모든 힘과 본성과 신성을 보여주었다. 또한 그녀는 오랫동안 어쩔 수 없이 폐쇄적으로 살아왔으나, 이제 둘이 포옹을 하는 틈틈이 강물처럼 이어지는 대화를 하는 중에 갑자기 서로 간의 믿음과 공감의 감정이 그들 내면의 정서로부터 쏟아져 나왔다. 하룻밤 동안 그들은 격렬

---

* fatal이라는 단어에는 '불길한'이라는 의미 외에 '운명적인'이라는 의미도 내포되어 있다. 행복 속에는 운명적으로 불행이 숨어 있다는 것을 표현하며, 따라서 앞으로 불행한 일이 일어날 것임을 암시한다고 할 수 있다.

하게 울다가 큰 소리로 웃는 일을 몇 번이나 반복했다. 그들은 서로에게 완전히 헌신적이며 하나가 되었음에도 전보다 더 독자적인 완전한 자아가 되었으며, 모든 표현은 가장 농밀한 감각과 가장 고유한 개성으로 가득 차 있었다. 그들은 때로는 무한히 황홀한 감정에 사로잡혔으며, 때로는 시시덕거리며 장난스럽게 서로를 희롱했다. 좀처럼 보기 드문 일이지만 아모르가 여기서는 정말로 한 명의 즐거운 아이가 되었다.

그 젊은이는 연인이 털어놓은 이야기를 통해서, 여성만이 진정으로 행복할 수도 있고 진정으로 불행할 수도 있으며, 인간 사회의 한가운데에서 자연인으로 남아 있는 여자들만이 신의 은총과 선물을 받는 도구인 순수한 감각을 갖는다는 사실을 명확하게 알게 되었다. 그는 자신이 찾은 아름다운 행복을 고귀하게 여기는 법을 배웠으며, 그가 예전에 뜻하지 않게 고집을 부려 억지로 차지하려 했던 추하고 거짓된 행복과 비교해보니, 거짓된 행복이 모방하여 만든 조화라면 이 아름다운 행복은 살아 있는 줄기에 달린 자연 그대로의 장미처럼 보였다. 그러나 그는 밤의 황홀 속에서도 낮의 기쁨 속에서도 이 행복을 사랑이라고 말하고 싶지 않았다. 그러니까 그는 사랑이 그를 위해 존재하는 것이 아니며, 그가 사랑을 위해 존재하는 것도 아니라고 굳게 믿었다! 자기만의 이러한 생각을 정당화하기 위한 구실을 만드는 것은 어렵지 않았다. 그는 그녀에 대한 강한 열정을 가지고 있으며, 영원히 그녀의 친구가 될 것이라고 생각했다. 그녀가 그에게 주는 것과 그에 대해 느끼는 것을 그는 애정, 추억, 헌신, 희망이라고 불렀다.

그러는 사이에 시간이 흘렀고 기쁨은 점점 더 커져갔다. 율리우스는 루친데의 팔에 안겨 다시금 자신의 젊음을 느꼈다. 그녀의 아름다운 몸이 보여주는 풍만한 모습은, 젊은 처녀의 젖가슴이나 거울처럼 매끄러운 피부에서 풍기는 신선한 매력보다도 더 매혹적이어서, 사랑과 감각을 맹렬히 끓어오르게 했다. 그녀의 포옹이 주는 매력적인 힘과 따스함은 소녀가 줄 수 있는 것 이상이었다. 그녀는 어머니만이 가질 수 있는 열정과 깊이를 여실히 드러내고 있었다. 부드러운 황혼의 감미로운 빛속에 감싸여 있는 듯한 그녀를 볼 때면, 그녀의 볼록한 윤곽을 어루만지는 일과 매끄러운 피부의 부드러운 살갗 아래에서 숨쉬는 놀라운 생명의 따뜻한 흐름을 느끼는 일을 멈출 수가 없었다. 그러는 동안 그의 눈은 그림자의 영향 때문에 다양하게 변화하는 것처럼 보이지만 아직은 남아 있는 본래의 색깔에 심취했다. 그것은 어디에서도 흰색이나 갈색, 빨간색이 대조를 이루지도 않고 두드러지게 나타나지도 않는 하나의 순수한 혼합이었다. 그 모든 것이 부드러운 삶의 조화로운 유일한 빛 속으로 감추어지고 융해되었다. 율리우스도 남성답게 멋진 모습을 보여주었지만, 그의 외형에서 나타나는 남성성은 단단한 근육의 힘에서 나타나는 것이 아니었다. 오히려 육체의 겉모습은 부드러웠고, 결코 비만은 아니었지만 팔다리는 통통했다. 밝은 빛 속에서 육체의 겉면은 커다란 덩어리 같은 모습이었고, 매끄러운 피부는 대리석처럼 견고하고 단단해 보였다. 그러다가 사랑을 나눌 때는 힘 있는 모습이 갑자기 풍부하게 나타났다.

그들은 젊은 인생을 만끽했으며, 한 달이 하루처럼 흐르는 가운데 2년 이상의 세월이 흘러갔다. 율리우스는 이제 비로소 자신이 얼마나 미숙했는지, 얼마나 이성이 부족했는지를 점차 깨닫게 되었다. 그는 찾을 수 없는 곳에서 사랑과 행복을 추구했었다. 최고의 것을 소유하고 있는 지금도 그는 그것이 무엇인지 전혀 알지 못했고, 또 감히 그것에 올바른 이름을 부여하지도 못했다. 여성의 정신세계에서는 결코 분리할 수 없는 소박한 감정인 사랑이 남성의 경우에는 단지 열정, 우정, 감성을 대체하거나 그것들을 혼합한 것에 불과할 수 있다는 사실을 그는 이제야 깨닫게 되었다. 그리고 그는 자신이 사랑하는 만큼 무한히 사랑받는다는 것을 즐겁고 놀라운 마음으로 알게 되었다.

전반적으로 그가 겪은 인생의 모든 사건들은 그를 놀래줄 만한 특별한 결말을 예정하고 있는 것처럼 보였다. 처음에 그를 사로잡고 그에게 그토록 강력한 충격을 주었던 것은, 루친데가 그와 유사할 뿐만 아니라 심지어 동일한 정신과 영혼을 가지고 있다는 사실이었다. 이제 그는 나날이 새로운 차이들을 찾아내야 했다. 그런데 이런 차이조차 오직 그와 그녀의 근본적인 동질성에 바탕을 두고 있었으며, 그녀의 개성이 더 풍부하게 발전하면 할수록 그와 그녀의 교감은 그만큼 더 다양하고 밀접해졌다. 그는 그녀의 독창성이 그녀의 사랑처럼 무궁무진할 것임을 전에는 예상하지 못했다. 더욱이 그녀의 외모는 그가 있을 때면 더욱 젊어지고 더욱 화사해지는 것 같았다. 또한 그녀의 정신도 마찬가지로 그의 정신과의 교감을 통해서 꽃피었으며, 새로운 형상이 되고 새로운 세계가 되었다. 그가 전에는 개별적으로 사랑했던 모든 것들, 즉 감각의 멋진 참신성, 매력적인 열정, 겸손한 행동, 온순함, 고귀한 성격 등을 이제는 그녀 안에 통합되어 있는 형태로 자신이 소유하고 있다고 믿었다. 그들에게 모든 새로운 관계는, 다시 말하자면 모든 새로운 관점은 공감과 조화를 위한 하나의 새로운 기관이었다. 서로에 대한 감정과 함께 서로에 대한 믿음이 생겨났고, 믿음과 더불어 용기와 힘이 자라났다.

그들은 함께 예술에 대한 취향을 공유했고, 율리우스는 몇 편의 그림을 완성했다. 그의 그림들은 생동감이 느껴졌고, 영혼이 깃든 빛의 흐름이 작품 위로 쏟아지는 것처럼 보였으며, 싱그러운 색채 속에서 진정한 육체가 활짝 피어났다. 목욕하는 소녀들, 은밀하고 즐거운 마음으로 물속의 자기 모습을 바라보고 있는 청년, 또는 사랑하는 자식을 품에 안고 자애롭게 웃고 있는 어머니가 그의 붓이 가장 선호하는 대상들이었다. 형태 자체는 언제나 예술적인 미의 관습적인 법칙을 따르고 있는 것은 아니었지만 어떤 차분한 우아함, 즉 안온하고 행복한 삶과 그러한 삶을 누리는 것에 대한 심오한 표현 때문에 눈길을 끌었다. 그것들은 인간의 신적인 형상을 따라 창조된 움직이는 식물들 같았다. 포옹하는 모습을 그린 그의 그림도 바로 이러한 사랑스러운 특성을 가지고 있었으며, 그는 그러한 그림의 변형들을 무궁무진하게 만들어냈다. 그는 화필의 매력을 가장 잘 보여줄 수 있기 때문에 포옹하는 그림을 그리는 것을 가장 좋아했다. 그런 그림에서는 그가 정말로 최고의 삶에 일시적으로 찾아오는 신비스런 순간을 고요한 무언의 마법으로 놀라게 하여 영원히 멈추게 하고 있는 것처럼 보였다. 그가 대상을 바쿠스의 격정에서 멀어지게 할수록, 그것을 소박하고 사랑스럽게 그릴수록, 젊은이와 여인에게 달콤한 불꽃이 넘쳐흐르는 그 모습은 더욱더 유혹적이었다.

그의 예술이 완성되고 그 예술 속에서 이전에는 아무리 노력을 하고 작업을 해도 얻을 수 없었던 것이 그에게 저절로 이루어진 것처럼, 이제는 어느 사이엔가 그의 삶 또한 어떻게 된 일인지 알지도 못한 채 그에게는 예술 작품이 되었다. 그의 영혼으로 빛이 들어왔으며, 그는 그 중심부에 있었기 때문에 삶의 모든 덩어리와 전체 구조를 명료하고 명확하게 조망했다. 그는 이러한 통일성을 결코 잃어버려서는 안 된다고 느꼈다. 그는 존재의 수수께끼를 풀어냈으며 그 단어를 찾아냈다. 그리고 모든 것이 그에게는 그 해답을 사랑 속에서, 젊음의 무지 때문에 매우 미숙하다고 생각했던 그 사랑 속에서 발견하도록 시간이 처음 시작될 때부터 미리 운명적으로 안배되어 준비된 것처럼 보였다.

그들에게는 몇 년의 세월이 마치 아름다운 노래처럼 감미롭고 빠르게 흘러갔다. 그들은 교양 있는 삶을 살았고, 주변 환경 또한 조화로워졌으며, 그들의 소박한 행복은 우연히 나타난 특별한 선물이라기보다는 진기한 재능처럼 보였다. 율리우스는 외적인 행동 양식도 바꾸었다. 그는 더욱 사교적인 인간이 되었다. 그리고 그가 비록 소수의 인물들과 보다 가깝게 사귀기 위해서 많은 사람들을 완전히 배척하는 경향이 있었지만, 이제는 그렇게 엄격하게 구별하지도 않았고, 교우 관계가 다양해졌으며, 일상적인 것을 고귀하게 만드는 법을 배웠다. 그는 점차 뛰어난 사람들을 많이 끌어들였고, 루친데가 그들을 하나로 묶어 이끌어나갔으며, 그래서 하나의 자유로운 공동체가 생겨났다. 아니, 그보다는 교양을 통해서 항상 새로움을 유지하는 하나의 커다란 가족이 형성되었다고 할 수 있다. 뛰어난 외국인들도 그 모임에 들어왔다. 율리우스는 그들과 많은 말을 나누지 않았지만, 루친데는 그들을 잘 접대하는 방법을 알고 있었다. 말하자면 그녀는 일반적인 것을 그로테스크하게 표현하고 저속한 것을 교양 있는 솜씨로 언급하며 다른 사람들을 유쾌하게 해주었다. 바로 조화로운 다양성과 변화에 아름다움이 존재하는 그 영적인 음악 속에는 어떠한 침묵의 순간도 어떠한 불협화음도 나타나지 않았다. 사교술에는 훌륭하고 진지한 스타일 외에도 단순한 애교와 일시적인 기분풀이를 위한 자리도 있어야 했다.

율리우스는 보편적인 정에 고취되어 있는 것처럼 보였다. 그것은 대중에게 유용하거나 동정적인 호의가 아니라, 개개인들은 사라지더라도 영원히 남는 인류의 아름다움을 바라보는 기쁨이며, 자신과 타자의 가장 깊은 내면에 대한 생생하고 솔직한 감성이다. 그는 거의 언제나 유치한 장난에도 성스럽고 진지한 상황에도 똑같이 잘 어울리는 인간이었다. 그는 이제 친구들과의 교유뿐만 아니라 친구 자체를 좋아했다. 그는 비슷한 생각을 가진 사람들과 대화를 할 때는 영혼 속에 있는 모든 멋진 예감과 암시를 밝히고 설명하기 위해 노력했다. 이렇게 그의 정신은 다양한 방식과 상황 속에서 완전해지고 풍부해졌다. 그러나 그는 완전한 조화를 오직 루친데의 영혼 속에서만 발견했다. 그녀의 영혼 속에서는 모든 숭고한 것과 성스러운 것의 싹이 아름다운 종교로 발전하기 위해, 오직 그의 정신이 발하는 빛을 기다리고 있었다.

나는 기꺼이 우리 사랑의 봄날로 자리를 옮깁니다. 나는 모든 변화와 변신을 보고 있으며 한 번 더 그러한 것을 체험합니다. 그리고 나는 나의 내면이 따스한 여름으로 충만되어 있는 지금, 이 삶이 다 지나가기 전에 그리고 너무 늦기 전에, 적어도 사라져가는 삶의 흐릿한 윤곽을 몇이나마 붙잡아서 불변의 이미지로 형상화하고 싶습니다. 죽음을 피할 수 없는 존재들인 우리는 이곳에 살아 있는 동안은 이 아름다운 대지의 가장 기품 있는 식물*에 불과할 뿐입니다. 인간들은 이것을 쉽게 잊어버리고 세상의 영원한 법칙을 매우 못마땅해하면서도 좋아하는 겉모습을 바로 그 중심에서 다시 찾고자 합니다. 그러나 그대와 나는 그렇지 않습니다. 우리는 신들이 원하는 것과 아름다운 자연에 대해 기술한 성스러운 저술에서 신들이 그토록 명료하게 서술해놓은 것에 대해 감사하고 만족스러워합니다. 겸손한 마음은 모든 사물과 마찬가지로 꽃피고 열매를 맺고 시드는 것이 자신의 자연적인 숙명이라는 사실을 인식합니다. 그러나 내면에 어떤 불멸의 존재가 있음을 알고 있습니다. 그것은 언제나 거기 있으면서 또한 언제나 도망치고 있는 영원한 청춘

---

* 아무 일도 하지 않고 자연에 순응하며 살아가는 삶이 식물적 삶이며, 이것은 슐레겔이 주장하는 낭만주의의 이상 중 하나이다.

에 대한 영원한 동경입니다. 다정한 비너스는 사랑스러운 아도
니스*의 죽음을 아직도 마음속 깊이 매우 슬퍼합니다. 달콤한
열망으로 그녀는 그 젊은이를 기다리며 찾고 있습니다. 그리고
애수에 젖어서 사랑하는 이의 신성한 눈과 부드러운 용모를 기
억하고 순진한 대화와 농담을 회상합니다. 그러고 나서 아직도
다채로운 지상의 꽃들 사이에 있는 자신의 모습을 보고 발그레
하게 뺨을 붉히며, 눈물을 흘리다가 미소를 짓습니다.

　나는 내가 설명할 수 없는 것을 어떻게 해서든 신성한 상
징을 통해서 그대에게 암시하고자 합니다. 왜냐하면 나는 또
한 현재의 명료한 상태에서 나의 기억을 살피기 위해서, 그리
고 당신에게도 그 기억을 살피도록 돕기 위해서 과거를 생각하
며 나의 자아 속에 그 과거를 밀어 넣으려고 애쓰고 있기 때문
입니다. 그럼에도 외적으로 설명될 수 없는 것은 언제나 뒤에
여전히 남습니다. 왜냐하면 그것은 아주 내적이기 때문입니다.
인간의 정신은 자신의 프로테우스**입니다. 변신을 하며, 자신
과 직면하고자 할 때도 자신을 위한 변명을 하려 들지 않습니
다. 삶의 가장 깊은 중심에서 창조적인 마음은 마술을 부립니
다. 이때 정신적인 교양이라는 직물을 구성하는 모든 실들이

---

* 그리스 신화에 나오는 미소년으로, 미와 사랑의 여신인 아프로디테(영어로는
비너스)와 지하 세계의 왕비인 페르세포네가 그를 놓고 사랑을 다투었다고 한
다.

** 그리스 신화에 나오는 바다의 신으로 모든 사물로 변신할 수 있는 능력과
예언하는 능력이 있다고 한다. 그는 과거, 현재, 미래의 모든 일을 다 알지만
남에게 알려주는 것을 싫어해서 늘 변신하며 도망을 다니지만, 꽉 붙들리게 되
면 본래의 모습으로 돌아가 답변을 해주고는 사라졌다고 한다.

사라지는 곳에 시작과 끝이 있습니다. 시간적으로 진행되고 공간적으로 확장되는 것만이, 즉 발생하는 일만이 오로지 역사의 대상입니다. 일순간에 일어나는 생성과 변화의 신비를 사람들은 단지 짐작만 할 수 있을 뿐이며, 알레고리를 통해서만 추측할 수 있습니다.

꿈속에서 보았던 불멸의 소설 네 편 중에서 가장 내 마음에 들었던, 환상적인 소년이 가면 놀이를 하는 데는 이유가 있었습니다. 순수한 서술로 보이거나 사실로 보이는 것에도 알레고리가 숨어 있고, 고결한 진실 속에도 의미 있는 거짓이 섞여 있습니다. 그러나 알레고리는 오직 정신적인 숨결로서, 눈에 보이지 않게 자신의 작품을 갖고 놀며 조용히 웃고 있을 뿐인 위트처럼 생기를 불어넣으며 모든 것 위를 떠다닙니다.

고대 종교에는 그곳에서조차 유례없이 아름답고 성스럽고 부드러워 보이는 문학이 있습니다. 시는 문학을 너무도 섬세하고 풍부하게 만들고 변형시켜나갔기 때문에 문학의 아름다운 함축적 의미는 불분명하게 남아서 언제나 새로운 해석과 새로운 모습을 허용합니다. 사랑하는 감정의 변모에 대해 내가 어렴풋이 느낀 것들 중 몇 가지를 그대에게 넌지시 알려주기 위해서, 사랑이 조화의 신*을 하늘에서 지상으로 이끌어내어 목

---

* 아폴론을 말한다. 제우스의 미움을 사서 하늘에서 쫓겨난 아폴론은 테살리아의 왕인 아드메토스의 하인이 되어 암프리소스 강가 초록의 제방 위에서 양떼를 돌보고 있었다. 어느 날 아드메토스가 죽음의 병에 걸리자 아폴론은 운명의 신을 설득하여 다른 사람이 대신 죽을 수 있도록 하고, 아드메토스의 부인인 알케스티스가 희생을 자처한다. 두 사람의 사랑에 감동한 헤라클레스가 그녀를 구한다.

동으로 만든 후에 그 신이 뮤즈*들에게 말해주었거나 또는 뮤즈들로부터 들은 것이라고 내가 믿고 있던 것들을 그러한 문학들 중에서 골라보았습니다. 내 생각에 그는 당시 암프리소스 강가에서 전원시와 비가를 고안해냈습니다.

---

* 그리스 신화에 나오는 예술과 과학의 여신이다. 현재는 일반적으로 시나 음악의 신으로 알려져 있지만, 고대에는 널리 역사나 천문학까지도 두루 관장하는 신으로 간주되었는데, 로마 시대에 들어오면서 각자 맡은 일이 있는 아홉 여신으로 구분했다. 『오디세이아』에도 아홉 명의 뮤즈가 나온다.

변모

순진무구한 정신이 달콤한 휴식을 취하며 단잠에 빠져 있고, 사랑하는 여신의 입맞춤은 그에게 가벼운 꿈만을 꾸게 합니다. 수줍은 장밋빛으로 그의 뺨이 물들고, 그는 미소를 지으며 입술을 벌리려는 듯 보이지만 깨어나지 않으며, 자신의 내부에서 무슨 일이 일어나고 있는지 알지 못합니다. 외부 세계의 자극이 내적인 반향을 통해서 다양해지고 강화되어 그의 존재의 구석구석을 모두 관통한 후에야 그는 태양빛을 보고 기뻐하며 눈을 뜹니다. 그리고 이제는 창백한 달의 희미한 빛 속에서 보았던 마술 세계를 회상합니다. 그를 깨운 놀라운 소리가 그에게 남아 있지만, 그것은 이제 그에게 응답하지 않습니다. 그 대신 외부의 대상들로부터 반복적인 메아리로 되울리고 있습니다. 그리고 그가 즐거운 호기심으로 미지의 것을 추구하면서 어린아이처럼 부끄러워하며 존재의 신비로부터 도망치려 한다면, 그는 어디서든 자신이 동경하던 것의 메아리만을 감지할 수 있을 것입니다.

눈은 다만 거울 같은 강의 수면에 비친 파란 하늘과 초록색 냇가와 흔들리는 나무들의 모습과 자기 자신 속에 빠져 있는 관찰자의 모습만을 봅니다. 무의식적인 사랑으로 가득한 마음이 상대방의 사랑이 기대되는 곳에서 자기 자신을 발견하게 된다면 놀라움에 휩싸이게 될 것입니다. 그러나 인간은 곧 자기 관찰의 마법을 통해서 다시 자신의 그림자를 사랑하도록 유혹되고 기만당합니다. 그러면 우아한 순간이 찾아오고 영혼은 자신의 껍데기를 한 번 더 만들어 외모를 통한 완성의 마지막 입김을 내쉽니다. 정신은 명료한 내면의 심연에 빠져 사라졌다가 나르키소스처럼 꽃으로 다시 나타납니다.

사랑은 우아한 것 이상으로 숭고합니다. 함께 나누는 사랑의 상호 보완적인 모습이 없다면 아름다움의 꽃은 열매도 맺지 못하고 정말로 빨리 시들 것입니다!

아모르와 프시케*가 입맞춤하는 그 순간은 인생의 장미입니다. 신의 영감을 얻은 디오티마**는 소크라테스에게 사랑을 절반만 보여주었습니다. 사랑은 무한한 것을 조용히 갈망하는 것일 뿐만 아니라 아름다운 현재를 경건하게 누리는 것입니다. 사랑은 유한한 것에서 무한한 것으로의 전이이며 혼합일 뿐만

---

* 사랑의 신인 아모르(에로스나 큐피드로도 불림)의 아내로, 인간이지만 미모가 출중하여 신과 결혼할 운명을 타고났다고 한다.

** 플라톤의 『향연』에 나오는 인물이다. 즉 축연에 모인 손님들이 차례로 사랑의 신인 에로스에 대한 찬사를 하게 되었는데, 소크라테스는 옛날에 무녀巫女 디오티마에게서 들은 연애관을 피력한다. 그는 올바른 연애 과정이란 육체의 미에 대한 추구에서 영혼의 미에 대한 추구로 승화되고, 마침내 미 자체의 관조觀照에 도달하는 것이라고 말한다.

아니라, 두 인간의 완전한 합일입니다. 들뜬 욕망의 때가 조금도 묻지 않은 단순하고 소박한 감정인 순수한 사랑이 존재합니다. 사람들은 각자 자신이 받은 것을 그대로 내줍니다. 모든 것은 동일하고 완전하며 신성한 아이의 영원한 입맞춤처럼 자신의 내면에서 완성됩니다.

다투는 형상들이 만드는 거대한 혼돈은 환희의 마법에 의해 망각의 조화로운 바다로 융해되어 흘러갑니다. 행복의 빛이 동경의 마지막 눈물 속에서 굴절될 때 이리스*는 이미 다채로운 무지개의 엷은 색채로 하늘의 영원한 이마를 그립니다. 사랑스러운 꿈들이 실현되고 아나디오메네**처럼 아름답게 레테***의 물결에서 새로운 세계의 순수한 윤곽들이 솟아올라 사라진 어둠을 대신하여 형체를 드러냅니다. 찬란한 젊음과 순수 안에서 시간과 인간은 자연의 성스러운 평화 한가운데를 거닐고 오로라****는 끊임없이 더 아름다운 모습으로 돌아옵니다.

현자들이 말하듯 증오가 아닌 사랑이 살아 있는 존재를 구분하고 세계를 만들어갑니다. 그리고 사랑의 빛 속에서만 인간은 세계를 발견하고 관조할 수 있습니다. 모든 '나'는 상대방인

---

* 그리스 신화에 나오는 무지개의 여신으로 하늘과 땅을 오가며 신들의 심부름을 했다고 한다.

** 아프로디테(비너스)의 별칭이다.

*** 레테는 저승을 흐르는 망각의 강이다. 그 강물을 마시면 살아 있을 때의 모든 기억을 잊어버리게 된다고 한다. 그곳에 머무는 망각의 여신을 가리키기도 한다.

**** 새벽의 빛을 관장하는 여신으로 태양의 신인 헬리오스의 누이이다.

'너'의 대답 속에서만 영원한 합일을 완전히 느낄 수 있습니다. 그러면 마음은 신성의 내적인 싹을 키우고 점점 더 목표에 가까이 다가가려고 노력하며, 예술가가 자신이 가장 사랑하는 작품을 만들어내듯이, 진지하게 영혼을 만들어낼 결심을 합니다. 창작의 신비 속에서 정신은 운명과 삶을 이루는 유희와 법칙을 관조합니다. 피그말리온*의 작품이 살아 움직이고, 불멸을 생각하며 느낀 즐거운 전율이 깜짝 놀란 그 예술가를 사로잡습니다. 그리고 독수리가 가니메데스**를 낚아채듯이 성스러운 희망이 그를 낚아채어 강한 날개에 태워 올림포스로 데려갑니다.

---

* 그리스 신화에 나오는 인물로 키프로스의 조각가였다. 여인들을 사랑하지 못하여 여인상을 조각하다가 조각상과 사랑에 빠진다. 그는 아프로디테의 신전에 찾아가 자신의 사랑을 이루어달라고 간절히 기도했고, 결국 조각상은 여인으로 생명을 얻어 둘이 결혼을 해서 행복하게 살았다고 한다.

** 인간 중에서 가장 아름다운 용모를 가진 남성으로, 제우스가 반해서 독수리로 변해 그를 납치했다고 한다.

두 통의 편지

I

내가 그토록 자주 남몰래 원하면서 감히 말하지 못했던 것이 정말로 진실일까요? 나는 당신의 얼굴에서 미소 짓는 성스러운 기쁨의 빛을 봅니다. 그리고 당신은 조심스럽게 나에게 아름다운 약속을 합니다.

당신은 엄마가 될 것입니다!

그리움이여 그리고 낮은 탄식이여 안녕, 세상은 다시 아름다워지고 이제 나는 대지를 사랑합니다. 그리고 새로운 봄의 여명이 나의 불멸의 현존재 위로 장밋빛으로 빛나는 머리를 들어 올립니다. 내게 월계수가 있다면 새로운 진지한 마음과 새로운 활동에 당신을 봉헌하는 의미로 그것을 당신의 이마에 두를 것입니다. 왜냐하면 당신을 위한 또 다른 인생이 시작될 것이기 때문입니다. 그것을 위해 당신은 나에게 미르테 화관*을 주

---

* 미르테는 쌍떡잎식물 도금양목 도금양과의 상록관목으로 한국에서는 은매화

어야 합니다. 나는 자연의 낙원에서 살고 있기 때문에 순진무구함의 상징으로 젊게 장식하는 것이 내겐 잘 어울립니다. 이전에 우리 사이에 있었던 것은 단지 사랑과 열정일 뿐이었습니다. 이제 자연이 우리를 더욱 밀접하고 완전하게, 그리고 풀 수 없도록 묶어주었습니다. 자연만이 기쁨의 진정한 사제이며, 오직 자연만이 결혼의 끈을 묶는 방법을 알고 있습니다. 그것은 축복이 없는 공허한 말을 통해서가 아니라 자연의 힘이 충만하여 나타난 신선한 꽃과 싱싱한 열매를 통해서 이루어집니다. 새로운 형상이 끊임없이 나타나는 동안 창조의 시간은 영원의 화환을 엮습니다. 결실을 맺고 건강하게 사는 행운을 맞이한 사람은 은총을 받은 사람입니다. 우리는 피조물 중에서 열매를 맺지 못하는 꽃이 아닙니다. 신들은 생산력이 있는 모든 사물의 거대한 묶음에 우리를 포함시키고 우리에게 선명한 표식을 줍니다. 그래서 이 아름다운 세상에 우리가 우리의 자리를 만들게 하고, 정신과 자유의지가 만드는 불멸의 열매를 우리가 맺을 수 있도록 하며, 인류의 원무圓舞에 끼어들게 합니다. 나는 대지에 정착하여 미래를 위해서, 그리고 현재를 위해서 씨를 뿌리고 수확을 할 것입니다. 낮 동안에는 온 힘을 다하여 일하고, 저녁에는 영원한 나의 신부인 아기 엄마의 품에서 원기를 회복할 것입니다. 어리고 심각한 장난꾸러기인 우리 아들은 우리 곁에서 놀며 나와 함께 당신에게 칠 짓궂은 장난을 많

나 무늬은매화로 불린다. 신부의 화관으로 사용되는 미르테 화관은 순결을 상징한다.

이 생각해내겠지요.

우리가 그 조그만 시골 농장을 꼭 사야 한다는 당신의 말은
옳았습니다. 내 결정을 기다리지 않고 당신이 바로 일처리를
한 것은 잘한 일입니다. 당신의 마음에 들게 모든 것을 꾸미십
시오. 다만 내가 원하는 것이 있다면, 그것을 너무 아름답게 꾸
미지도 말고 너무 실용적으로 만들지도 말 것이며, 무엇보다도
너무 정성을 들이지 말라는 것입니다.

당신이 모든 것을 완전히 당신의 뜻에 따라 행하고 어떤 것
도 세속적이고 일상에 익숙한 것을 따르지 않는다면, 그것은
이미 옳은 일이며 당연히 그렇게 되어야 하고 내가 원하는 바
와 같습니다. 그리고 그 멋진 소유물에 대해 나는 더할 나위
없이 큰 기쁨을 느낄 것입니다. 이전에 나는 내가 필요로 하는
것을 아무 생각 없이, 그리고 소유한다는 느낌을 갖지 않고 소
유했습니다. 나는 분별없이 대지와 동떨어진 삶을 살았으며,
대지를 편하게 느끼지 않았습니다. 이제 결혼의 신전이 자연의
시민권을 나에게 주었습니다. 나는 더 이상 일반적인 열광의
공허한 공간을 부유하고 있지 않습니다. 사랑스러운 구속이 주
는 행복을 느끼며 새로운 의미로 유용한 것을 이해합니다. 그
리고 영원한 사랑을 그 대상과 맺어주는 모든 것이, 한마디로
진정한 결혼에 기여하는 모든 것이 진실로 유용한 것이라고 생
각합니다. 외부의 사물까지도 그것이 나름대로 쓸모가 있는 경
우에는 나에게 존중하는 마음을 갖게 합니다. 당신은 가족의
가치를 찬양하는 말과 가정생활의 위엄에 대한 찬사를 나중에

나에게서 듣게 될 것입니다.

나는 이제 시골의 삶에 대한 당신의 애착을 이해하며, 당신의 입장에서 그것을 사랑하고 당신과 똑같이 느낍니다. 나는 인류에게 남아 있는 썩고 병든 모든 것들이 쌓여서 이루어진 꼴사나운 퇴적물을 더 이상 보고 싶지 않습니다. 그리고 대체로 인간에 대해 생각해보면, 인간은 사슬에 묶여 결코 마음껏 날뛸 수조차 없는 야생동물처럼 여겨집니다. 시골에서는 사람들이 추하게 서로 무리를 짓지 않아도 함께 지낼 수 있습니다. 모든 것이 제대로 존재하게 된다면 아름다운 주택과 사랑스러운 초가집은 싱싱한 식물이나 꽃처럼 푸른 땅을 장식하며 위엄 있는 신의 정원을 이루게 될 것입니다.

물론 시골에서도 우리는 여전히 도처에 남아 세력을 떨치고 있는 비열한 일들을 다시 보게 될 것입니다. 인간에게는 본래 두 부류가 있습니다. 정신적으로 성장 중인 인간과 교양이 완성된 인간, 즉 남자와 여자가 있습니다. 그리고 모든 인위적인 교류 대신 두 부류 간의 위대한 결혼과 모든 개인의 보편적인 인류애가 있습니다. 그런데 이런 것 대신 우리는 무수히 많은 야만적인 행위만 봅니다. 그리고 그릇된 교육 때문에 지장을 받는 몇몇 사람들을 사소한 예외로 봅니다. 그러나 개별적으로 훌륭하고 아름다운 것이 밖에서 옳지 않은 다수에 의해서, 그리고 그들이 전능하다고 착각하는 것에 의해서 억압될 수는 없습니다.

내 기억 속에서 우리 사랑의 어느 시기가 특별히 아름답게 빛나고 있는지 당신은 아시나요? 물론 내 기억 속에서는 모든 것이 아름답고 순수하며 처음 만났던 당시의 날들도 나는 아쉬운 마음을 담아 넋을 잃고 회상하지만, 그 무엇보다도 가장 가치 있는 것은 우리가 함께 농장에서 지냈던 마지막 날들입니다. 그것이 다시 시골에서 살고자 하는 새로운 이유입니다!

한 가지가 더 있습니다. 나로 하여금 포도나무 줄기를 너무 많이 자르지 않게 해주십시오. 나는 다만 당신이 포도나무 줄기가 너무 정돈되지 않고 무성하다고 생각할 것 같아서, 그리고 그 작은 집이 어디서 보더라도 말쑥하게 보이도록 만들고 싶어 할 것 같아서 이러한 부탁의 말을 쓰고 있습니다. 녹색의 잔디밭도 그대로 두어야 합니다. 그 위에서 아이가 이리저리 기어다니며 놀고 뒹굴어야 합니다.

나의 음울한 편지가 당신에게 준 고통의 대가를 나는 충분히 치렀다고 생각하는데, 그렇지 않나요? 나는 이제 이토록 장엄한 것들에 둘러싸여서, 그리고 희망에 도취되어서 더 이상 근심으로 괴로워할 수 없습니다. 그때 당신은 나만큼 많은 고통을 느끼진 않았습니다. 그러나 당신이 나를 사랑한다면, 딴마음을 품지 않고 정말 진정으로 나를 사랑한다면 그게 무슨 대수겠습니까? 우리가 고통으로 인하여 우리 사랑에 대한 심오하고 뜨거운 의식을 얻는다면 말할 만한 가치가 있는 그 고통은 어떤 것일까요? 당신도 느끼고 있습니다. 당신은 여기서 내가 말하는 모든 것을 오래전부터 알고 있었습니다. 무한하며 행복한 존재인 당신의 깊은 내면 어디에도 없는 그런 황홀함이나 사랑이란 사실상 내 마음에는 존재하지 않습니다!

가장 성스러운 것을 언젠가 화제로 삼기 위해서라면 오해도 괜찮습니다. 때때로 우리 사이에 존재하는 것처럼 보이는 의견 차이가 우리 내면에는 없습니다. 우리 중 누구의 내면에도 없습니다. 그것은 단지 우리 사이의 공간에서 피상적으로만 존재합니다. 그리고 나는 이번 기회에 당신이 그것을 당신 안에서 밖으로 완전히 몰아내버리기를 바랍니다.

그리고 사랑하고 사랑받는 중에 갖게 되는 이런 사소한 갈등은 상대방에 대한 만족할 줄 모르는 열망 때문이 아니라면 어떻게 생기겠습니까? 이러한 열망이 없다면 사랑도 없습니다. 우리는 죽음에 이를 때까지 사랑하며 살 겁니다. 우리를 비로소 진실하고 완전한 인간으로 만드는 것이 사랑이고 삶 중의 삶이 사랑이라면, 삶과 인류가 그러하듯이 사랑 또한 분명히 갈등을 회피할 필요가 없습니다. 사랑의 평화도 오직 힘의 싸움을 겪은 다음에 나타납니다.

나는 그토록 많은 사랑의 능력을 갖춘 당신 같은 여인을 사랑하게 되어 다행이라고 느낍니다. "당신처럼 그렇게"라는 말은 어떤 최상급보다도 훌륭한 표현입니다. 내가 의도하진 않았더라도 틀림없이 당신의 마음을 상하게 하는 말을 했을 텐데도 당신은 어떻게 내 말을 칭송만 할 수 있을까요? 나는 내 내면의 정서가 어떤지를 당신에게 전달할 수 있을 만큼 잘 쓰고 있다고 말하고 싶습니다. 아, 사랑이여! 당신 안에 질문이 없기 때문에 내 안에 대답이 없다는 것을 믿으십시오. 당신의 사랑이 나의 사랑보다 더 영원하지 않을 수도 있습니다. 그러나 나의 상상력과 그 상상의 거친 묘사에 대한 당신의 아름다운 질투는 유쾌합니다. 그것은 당신이 나에게 진정으로 무한히 충실하다는 것을 보여주지만, 그럼에도 불구하고 나는 질투가 많아지면 곧 저절로 사라질 것을 기대합니다.

이제 이런 종류의 상상은, 즉 글로 표현된 상상은 더 이상 필요하지 않습니다. 나는 곧 당신에게 갈 것입니다. 나는 전보다 더 경건하고 평온합니다. 나는 마음속에서 당신을 바라볼 수 있으며, 언제든지 당신 앞에 서 있을 수 있습니다. 당신은 내가 말하지 않아도 모든 것을 느낄 것입니다. 그리고 당신은 한편으로는 사랑하는 남자를, 다른 한편으로는 품속의 아이를 기쁘고 행복하게 해줄 것입니다.

내가 당신에게 편지한 바와 같이 어떠한 기억도 당신의 신성함을 모독할 수 없고, 당신은 원죄 없는 잉태를 한 성모 마리아처럼 영원히 순수하며, 그리고 성모가 되기에 부족한 것은 오로지 아기일 뿐이라는 것을 알고 있습니까?

그런데 이제 당신은 아기를 가졌고, 아기는 곧 태어날 것이며 현실이 될 것입니다. 나는 때로는 아기를 팔에 안을 것이고, 때로는 아기에게 동화를 들려줄 것이며, 때로는 직접 진지하게 가르칠 것입니다. 그리고 때로는 젊은이가 세상에서 처신해야 할 방법에 대한 좋은 교훈을 아이에게 줄 것입니다.

그러고 나서 나의 정신은 다시 엄마에게로 향합니다. 나는 당신에게 무한한 입맞춤을 하며, 당신의 가슴이 갈망하며 부푼 것을 보고 심장 아래에서 아기가 신비롭게 움직이는 것을 느낍니다.

이제 드디어 우리가 함께 있게 된다면 우리는 우리의 젊음을 완전히 마음에 새기려 할 것입니다. 그리고 나는 현재를 신성하게 여길 것입니다. 1시간 뒤가 아주 무한한 시간이 지난 후와 같다는 당신의 말은 옳습니다.

나는 지금 당신과 함께하지 못하는 것이 고통스럽습니다! 나는 초조한 마음에 온갖 바보 같은 짓을 다 하고 다닙니다. 나는 거의 아침부터 저녁까지 이곳의 빼어나게 아름다운 지역을 이리저리 돌아다닙니다. 나는 그것이 특별히 해야 할 중요한 일인 듯 서두르고, 결국엔 내가 별로 원하지 않았던 장소에 다다릅니다. 나는 마치 격렬한 연설을 하는 것과 같은 몸짓을 합니다. 나는 혼자라고 생각했는데, 문득 정신을 차려보니 사람들 가운데에 있습니다. 나는 정신이 아주 없었다는 것을 깨닫고 웃지 않을 수 없습니다. 나는 또한 글을 오래 쓸 수 없습니다. 나는 고요한 강가에서 아름다운 저녁을 몽상하며 보내기 위해 곧바로 다시 나갈 것입니다.

오늘 나는 무엇보다도 편지를 부칠 시간을 잊었습니다. 그것 때문에 당신은 한층 더 많은 당혹감을 느끼게 될 것이고, 또한 즐거움도 얻게 될 것입니다.

사람들은 정말로 나와 아주 잘 지내고 있습니다. 그들은 내가 종종 그들의 대화에 참여하지 않고 갑자기 특유의 방식으로 대화를 방해하는 것은 관대하게 봐주지 않습니다만, 내가 즐거워하는 것을 은근히 진심으로 기뻐하는 것처럼 보입니다. 특히 율리아네가 그렇습니다. 나는 당신에 대해 조금만 이야기하는 데도 그녀는 이해력이 좋아서 나머지 부분을 추측해서 알아냅니다. 하여간 사랑에 대해 순수하고 사심 없는 희열을 나타내는 것보다 더 호감을 주는 것은 아무것도 없습니다!

나는 지금 이곳의 친구들이 설령 그리 뛰어나지 않은 사람들이라 하더라도 그들을 사랑할 것임을 물론 믿습니다. 나는 내 존재에 커다란 변화가 생겼음을 느낍니다. 그것은 영혼과 정신의 힘이 닿는 한도 내에서의 보편적인 부드러움과 감미로운 온정입니다. 그것은 마치 가장 멋진 삶의 순간을 이룬 다음에 나타나는 기분 좋은 피로감과 같습니다.

그러나 그것은 결코 나약한 게 아닙니다. 오히려 나는 내가 이제 나의 소명인 모든 일을 더 큰 사랑과 활기찬 힘을 갖고 추진할 것임을 압니다. 나는 남자 중의 남자로 행동하는 것, 영웅적인 삶을 시작하고 이행하는 것, 친구들과 영원히 형제의 의로 행동하는 것 등에 대해서는 더 이상 확신과 용기를 갖지 못합니다.

그것이 나의 덕목입니다. 그러므로 신을 닮아가는 것이 나에게 마땅한 일입니다. 당신의 덕은 기쁨의 여사제로서 사랑의 비밀을 곧바로 자연에 살며시 드러내는 것이며, 당당한 아들과 딸들 사이에서 성스러운 축제를 위해 아름다운 일생을 봉헌하는 것입니다.

나는 종종 당신의 건강을 염려합니다. 당신은 옷을 너무 가볍게 입으며 저녁 공기를 좋아해요! 그것은 당신이 많은 다른 습관들과 마찬가지로 버려야 할 위험한 습관입니다.

당신은 이제 새로운 정리를 시작한다고 생각하십시오. 지금까지 나는 당신의 가벼운 행동을 아름답다고 생각했습니다. 왜냐하면 당신의 가벼운 행동은 시기적절했고 전체에 부합되었기 때문입니다. 당신이 행복에 대해 가볍게 말하고 이런저런 고려 사항을 신경 쓰지 않으며, 삶이나 주변의 당신 몫을 포기할 때면 나는 그것이 여성적이라고 생각했습니다.

그러나 이제 당신이 항상 고려하고 모든 일에 적용시켜야 할 것이 있습니다. 이제 당신은 점차 경제적이 되어야 합니다. 그것은 알레고리적인 의미에서 그렇습니다.

이 편지에는 마치 인간 생활에 기도와 식사, 장난기와 열광이 뒤섞여 있듯이, 모든 것이 아주 다채롭게 뒤섞여 뒤범벅입니다. 이제 잘 자요. 아, 나는 왜 하다못해 꿈에서라도 당신 곁에 있을 수 없으며, 실제로도 당신과 함께 있지 못하고 당신의 꿈속에 들어갈 수도 없단 말인가! 당신에 대한 것만을 꿈꿀 때도 나는 늘 혼자입니다. 나에 대한 생각을 그토록 많이 하는데도 당신은 왜 내 꿈을 꾸지 못하는지 알고 싶은가요? 사랑하는 그대여! 당신도 자주 오랫동안 나에 대해 침묵하고 있는 것은 아닌가요?

아말리에의 편지를 받고 나는 매우 기뻤습니다. 물론 나는 그녀가 아부를 필요로 하는 남자들에서 나를 제외하지 않았다는 사실을 교태가 섞인 그녀의 어투를 통해 알고 있습니다. 나도 그녀가 나를 그렇게 대하기를 바랍니다. 그녀가 나의 가치를 우리의 방식으로 인정해야 한다는 요구는 아마도 불공평한 일일 것입니다. 한 여자가 나를 완전히 알고 있다는 것으로 충분합니다! 그녀는 자신의 방식대로 내가 아주 멋진 사람이라는 것을 인정합니다! 그녀는 **숭배**가 무엇인지 잘 알까요? 나는 그것에 대한 확신이 없으며, 그녀가 그것을 모른다면 그녀를 동정할 것입니다. 당신도 모르는가요?

오늘 나는 사랑에 빠진 두 사람에 관하여 쓴 프랑스 책에서 다음과 같은 표현을 보았습니다. "그들은 서로에게 우주였다."

단순히 과장해서 그냥 막 적은 것처럼 보이는 그 말이 우리 사이에서 글자 그대로 실현되었다는 생각에, 그것은 내 눈길을 확 사로잡았으며 감동을 주고 미소를 짓게 만들었습니다!

그것은 본래 프랑스인들의 정열을 감안하면 글자 그대로 진실입니다. 그들은 다른 모든 것에 대해서는 감각을 잃어버리기 때문에 상대방에게서 자신의 우주를 발견합니다.

우리는 그렇지 않습니다. 우리는 이전에 사랑했던 모든 것들을 이제는 한층 더 따뜻하게 사랑합니다. 우리는 세계에 대한 감각을 비로소 올바르게 인식했습니다. 당신은 나를 통해서 인간의 정신이 무한하다는 것을 알았고, 나는 당신을 통해서 결혼과 인생을 이해하게 되었으며, 그리고 모든 사물이 훌륭하다는 것도 알게 되었습니다.

내가 볼 때 모든 사물은 영혼을 가지며 나에게 말을 겁니다. 그리고 모든 사물은 성스럽습니다. 사람들이 우리와 같은 사랑을 한다면 인간 속에 있는 본성도 본원적인 신성으로 되돌아갈 것입니다. 관능적인 쾌락은 사랑하는 사람들의 은밀한 포옹 속에서 다시—쾌락의 전반적인 본질인—자연의 성스러운 기적이 됩니다. 다른 사람들의 입장에서는 마땅히 부끄러워해야 할 것이 다시 절대적 존재인 고귀한 생명력의 순수한 불꽃이 됩니다.

우리 아이는 잘 노는 성격과 진지한 얼굴과 모종의 예술적인 재능, 이 세 가지를 확실하게 구비하게 될 것입니다. 다른 모든 것들은 별다른 기대 없이 그저 조용히 기다릴 것입니다. 아들이냐 딸이냐에 대해서는 나는 어떤 특정한 쪽을 선호할 수 없습니다. 그러나 교육에 대해서는, 다시 말하자면 우리가 모든 종류의 교육으로부터 어떻게 우리 아이를 보호할 수 있는가 하는 점에 대해서는 이미 말할 수 없이 많은 생각을 했습니다. 아마도 나는 세 명의 이성적인 아버지가 자신의 자녀를 요람에 있을 때부터 요란한 도덕에 묶어놓기 위해서 생각하고 걱정하는 것보다 더 많은 생각을 했을 것입니다.

나는 당신의 마음에 들 만한 몇 가지 구상을 미리 해보았습니다. 이러한 구상은 당신을 염두에 두고 한 것입니다. 당신은 예술을 소홀히 하지 말아야만 합니다! 만약에 딸을 얻는다면 당신은 딸을 위해 초상화와 풍경화 중에서 어느 것을 선택하겠습니까?

외적인 모습에 관심을 갖는다면 당신은 어리석은 사람입니다! 당신은 내 주변 환경에 대해서, 그러니까 내가 모든 일을 어디서 언제 어떻게 하며 살고 존재하는지 알고 싶나요? 당신의 주변을 보십시오. 당신 옆에 있는 의자 위에, 당신의 품속에, 그리고 당신의 심장 곁에, 그곳에서 나는 살며 존재합니다. 갈망의 빛줄기가 당신에게 찾아와 감미로운 온기를 갖고 슬그머니 당신의 심장으로 기어들고, 입맞춤이 흘러넘치는 입술까지 찾아가나요?

당신은 늘 그토록 진심 어린 편지를 쓰고 있는데, 나는 가끔 쓸 뿐이라고 지금 생색을 내고 있네요, 따지기 좋아하는 여인이여! 우선 당신이 편지에서 나를 생각한다고 한 만큼 나도 늘 그렇게 당신을 생각합니다. 당신 곁에서 걸으며, 당신을 보고, 당신의 말을 듣고, 당신과 이야기하고 있다고 나는 생각합니다. 하지만 그러고 나면 다른 생각이 들기도 합니다. 특히 밤에 잠에서 깰 때는 그렇습니다.

당신은 어떻게 당신의 편지가 가치 있고 신성하다는 것을 믿지 않을 수 있나요? 지난번 편지는 맑은 눈을 뜨고 바라보며 반짝이고 있습니다. 그것은 글이 아니고 노래입니다.

내가 몇 달 더 당신과 떨어져 지낸다면 당신의 문체는 완전히 좋아질 것이라고 생각합니다. 그렇지만 이제는 우리가 문체와 글의 문제는 그만 생각하고 가장 훌륭하고 멋진 습작들을 더 이상 방치하지 않는 것이 좋겠다고 생각합니다. 나는 일주일 후에는 이곳을 떠나기로 거의 결정한 상태입니다.

II

　인간이 자신을 두려워하지 않는다는 것은 이상한 일입니다. 아이들이 낯선 사람들에게 호기심을 보이면서도 그만큼 불안하게 바라보는 것은 옳은 일입니다. 영원한 시간의 원자들은 각각 기쁨의 세계를 품을 수 있지만, 슬픔과 공포의 막막한 심연으로 가는 길도 열어두고 있습니다. 이제 나는 마법사가 잠깐 동안에 몇 년의 세월을 살게 했던 남자에 대한 옛날이야기를 이해합니다. 왜냐하면 나는 나 자신 속에서 상상이 만들어내는 끔찍하고 무한한 힘을 경험해보았기 때문입니다.

　당신의 언니가 보낸 마지막 편지를 받은 이후로——이제 사흘이 되었습니다——나는 눈부신 청년의 햇살로부터 백발노인의 창백한 달빛에까지 이르는, 사람이 평생 동안 겪을 수 있는 고통을 모두 느꼈습니다.

　그녀가 당신의 병에 대해서 나에게 쓴 소소한 것들은, 내가 전에 의사에게서 들었던 내용과 내가 살펴보았던 것들을 고려해서 함께 생각해보니, 사실은 병이 더 이상 위험하진 않으나 희망은 없다고 당신들이 생각하고 있던 것보다 훨씬 더 심각하다는 생각에 확신을 주었습니다. 이러한 생각이 들자 멀리 떨어져 있어 당신에게 서둘러 간다는 것은 불가능하기 때문에 온몸의 힘이 다 빠져버렸습니다. 나의 상황은 정말로 절망적이었습니다. 나는 당신이 병에서 벗어났다는 기쁜 소식*을 받고 다

---

* 죽음에 대한 소식을 반어적으로 표현한 것이다. 환자가 죽음으로써 병의 고

시 태어난 지금에야 비로소 그때의 상황이 얼마나 절망적이었는지 잘 알게 되었습니다. 당신은 이제 아주 완벽하게 병에서 벗어났습니다. 며칠 전에 내가 우리 둘 다 죽을 운명이라고 생각했던 바로 그 확신을 갖고, 나는 모든 상황을 종합하여 그런 생각을 합니다.

나는 그 일이 장차 일어나거나 그때 일어나리라고는 결코 꿈에도 생각하지 않았습니다. 모든 것은 지나갔습니다. 당신은 이미 오랫동안 차가운 대지의 품에 묻혀 있습니다. 소중한 무덤 위에 점차로 꽃들이 자라나고 나의 눈물이 부드럽게 흘러내렸습니다. 나는 말없이 외롭게 서서 사랑했던 얼굴의 특징들과 표정으로 말하는 눈의 감미로운 모습만을 생각했습니다. 이러한 이미지가 지워지지 않는 모습으로 내 앞에 있었습니다. 다만 때때로 마지막 웃음을 짓고 마지막 잠을 자던 당신의 창백한 얼굴이 조용히 그 자리에 나타났습니다. 그러다가 갑자기 이러한 서로 다른 기억들이 뒤섞여서 엉클어져버렸습니다. 그 윤곽은 믿을 수 없이 빠르게 바뀌어 처음의 모습으로 되돌아갔다가, 지나친 상상 때문에 모든 것이 사라질 때까지 계속 변했습니다. 오직 성스러운 당신의 눈만이 텅 빈 공간에 남아서, 마치 다정한 별이 우리의 고난을 비추며 희미하게 빛나는 것처럼 그곳에 꼼짝 않고 걸려 있었습니다. 나는 친숙한 웃음을 지으며 슬픔의 밤에 신호를 보내는 음울한 빛들을 움직이지 않고 바라보았습니다. 때로는 견딜 수 없는 눈부심을 선사하는 음울

통으로부터 벗어났다는 생각 때문에 기쁘다는 표현을 한 것으로 여겨진다.

한 태양으로부터 찌르는 듯한 고통이 쏟아져 작열하고, 때로는 나를 유혹하는 것처럼 반짝이는 아름다운 빛들이 부유하며 흘러내렸습니다. 그때 신선한 아침 공기가 내게 불어오는 것 같았고, 나는 고개를 높이 쳐들었습니다. 그러자 가슴속에서 큰 소리가 울렸습니다. "너는 왜 그렇게 괴로워하는가? 잠시 후면 너는 그녀의 곁에 갈 수 있을 텐데."

나는 이미 당신을 따르려고 서둘렀는데, 갑자기 새로운 생각이 나를 붙들었습니다. 나는 나의 정신에게 말했습니다. "그대는 별 볼일 없는 친구로구나. 그대는 이러한 평범한 삶의 사소한 불협화음조차 견디지 못하는가? 그대는 아직도 스스로 자신을 성숙하고 존엄한 인간이라고 생각하는가? 이제 가서 괴로움을 견디고 그대의 소명을 행하라. 그리고 그대의 임무를 완수하면 그때 다시 돌아오라." 이 세상의 모든 것들은 중심을 추구하는데, 그것들이 질서는 정연하나 의미 없고 하찮다는 생각이 들지 않나요? 내게는 항상 그렇게 보이기 때문에 나는 다음과 같이 추측합니다. 착각한 것이 아니라면 나는 이런 생각을 이미 당신에게 말했습니다. 우리의 다음 생은 더욱 대단해질 것입니다. 더 거칠어지고 더 대담해지고 더 지독해지고, 좋은 쪽으로든 나쁜 쪽으로든 더 강력해질 것입니다.

살아야 한다는 의무가 이겼습니다. 나는 다시 삶과 인간이 만드는 소란 속에 있었습니다. 인간과 나의 무력한 행동과 흠집이 많은 성과물들이 이루는 소란 속에 있었습니다. 그때 상상할 수 없이 거대한 빙하의 한가운데에 갑자기 홀로 떨어졌을 때와 같은 공포가 나를 덮쳤습니다. 모든 것이 춥고 낯설었습니다. 눈물까지도 저절로 얼어붙었습니다.

심란한 꿈속에서 기이한 세계가 나타났다가 사라졌습니다. 나는 병이 들었고 많은 고통을 겪었지만 그 병을 사랑했고, 고통조차도 환영한다고 말했습니다. 나는 현세의 모든 것들을 증오했으며, 그것들이 벌을 받고 파괴되기를 바랐습니다. 나는 내가 매우 외롭고 낯설다고 느꼈습니다. 그리고 감정이 예민한 사람이 행복의 품 한가운데서 종종 자신의 기쁨을 슬퍼하게 되는 것처럼, 그리고 바로 인생의 정점에서 존재의 허무감이 우리를 엄습하는 것처럼, 바로 그렇게 나는 비밀스럽고 즐거운 마음을 지닌 채로 나의 고통을 바라보았습니다. 고통은 나에게 전반적인 삶의 상징이 되었습니다. 나는 모든 것을 이루어지게 하고 존재하게 하는 영원한 불화를 느끼며 보고 있다고 생각했습니다. 평온한 창작에 의한 멋진 인물들은 생명을 잃은 것처럼 보였습니다. 그리고 무한한 힘을 갖고 있으며 존재의 가장 내밀한 심연에 이르기까지 다가가 투쟁하고 싸우는 이 섬뜩한 세상에 비하면 그것은 아주 사소한 것처럼 보였습니다.

이러한 특별한 감정을 통해서 나의 병은 내면에서 완벽하고 온전하게 고유한 세계를 구축했습니다. 나는 병이 주는 신비한 삶이 내 주변을 꿈꾸며 돌아다니는 몽유병 환자들의 별 볼일 없는 건강보다 훨씬 더 온전하고 심오할지도 모른다고 생각했습니다. 그리고 결코 싫지 않은 병약한 일상과 더불어 이러한 감정이 내게 남아 있어서 인간들로부터 나를 완전히 격리시켰습니다. 그것은 바로 당신이라는 존재와 나의 사랑이 너무도 성스러워서 아주 굵은 끈으로도 묶어둘 수 없었다는 생각이 나를 세상으로부터 분리시켰던 것과도 같았습니다. 나에게는 모든 것이 있던 그대로 존재하는 것이 좋았고, 당신의 필연적인 죽음은 가볍게 잠을 자고 난 후에 부드럽게 눈을 뜬 것에 불과하다는 생각이 들었습니다.

당신의 사진을 바라보며 그것이 점점 더 맑고 순수한 모습으로, 그리고 모호한 모습으로 변하는 것을 보았을 때 나는 또한 깨어 있었다고 생각했습니다. 진지하나 매혹적이고 완전히 당신이지만 더 이상 당신이 아닌 신성한 형상이 놀라운 광휘에 싸여 빛났습니다. 때로는 그것이 무섭게 빛나는 전능한 광선과도 같았다가, 때로는 귀중한 어린 시절의 다정하고 희미한 빛과 같았습니다. 나의 정신은 냉정하고 순수한 열정의 샘물을 오랫동안 조용히 한 모금 한 모금 마시며 은근히 취해갔습니다. 그리고 이러한 황홀한 도취 속에서 나는 나름대로의 정신적인 기품을 느꼈습니다. 왜냐하면 사실상 나에게 모든 세속적인 성향은 완전히 낯설었으며, 내가 죽음에 바쳐졌다는 느낌이 결코 나를 떠나지 않았기 때문입니다.

몇 년의 세월이 천천히 흘러가고 일과 일이 지루하게 뒤를 이었습니다. 하나의 작품을 하고 나면 또 다른 작품이 다시 자신의 목표를 향해 나아갔습니다. 내가 일과 작품들을 이름 그대로 받아들이지 않았던 것처럼 그것들은 나의 목표가 아니었습니다. 나에게는 오직 성스러운 상징들만이, 다시 말하자면 불가분의 영원한 인류와 나의 분열된 자아 사이에 존재하는 중재자이자 내가 사랑했던 오직 한 여인에 대한 모든 관계만이 있었습니다. 나의 전 존재는 고독한 사랑의 영원한 예배였습니다.

  결국 나는 이제 마지막 순간이 왔음을 알아차렸습니다. 이마는 더 이상 매끄럽지 않았고, 곱슬머리는 퇴색했습니다. 나의 삶은 끝났지만 완성되지 않았습니다. 내 인생에서 가장 힘이 있던 시절은 지나갔습니다. 그리고 예술과 덕은 영원히 성취되지 않은 채 여전히 내 앞에 서 있었습니다. 우아한 성모 마리아인 그대에게서 내가 예술과 덕 그 두 가지를 발견하고 숭배하지 않았더라면, 그리고 내 안에서 당신과 당신의 부드러운 신성을 발견하고 숭배하지 않았더라면 나는 절망했을 것입니다!

  그때 당신은 의미심장하게 나타나 나에게 죽음의 신호를 보냈습니다. 이미 당신과 자유를 향한 진정한 열망이 나를 사로잡고 있었습니다. 나는 사랑하는 옛 고향에 대한 그리움이 간절했으며, 당신이 병마에서 벗어난 것이라는 생각과 확신으로 다시 소생했을 때 막 여행의 먼지를 털어내려 했었습니다.

  이제 나는 내가 백일몽을 꾸었다는 것을 깨닫게 되었고, 무엇보다도 그것과 관계가 있고 유사성을 갖고 있는 모든 것들에 대해 불안한 놀라움을 느끼며, 육안으로는 보이지 않는 내적 진실의 심연 가장자리에 근심스러운 마음으로 서 있었습니다.

  그렇게 함으로써 내게 가장 명확해진 것이 무엇인지 당신은 아십니까? 첫째는 내가 당신을 숭배하고 있다는 것과 그렇게 하는 것이 잘한 일이라는 것입니다. 우리 둘은 하나입니다. 그리고 인간은 또한 자신을 모든 것의 중심으로, 세계의 정신으로 여기고, 또 그렇게 생각할 때 한 사람의 인간이 되며 완전히 자기 자신이 됩니다. 그런데 우리는 우리의 내면에서 모든 것의 싹을 발견하지만, 또한 영원히 우리 자신의 한 부분으로만 남게 되는데, 왜 그러는 걸까요?

이제 나는 죽음도 아름답고 감미로운 것으로 느낄 수 있다는 것을 압니다. 생의 전성기에 있는 자주적인 피조물이 조용히 그리고 기꺼이 자신의 소멸과 자유를 얼마나 그리워하는지, 얼마나 회귀의 이념을 희망의 아침 햇살처럼 기쁘게 바라볼 수 있는지 이제 나는 압니다.

성찰

합리적이고 품위 있는 사람들이 영원히 순환하는 그 하찮은 놀이*를 지치지 않는 열정을 갖고 아주 진지한 태도로 늘 새롭게 반복할 수도 있다는 것이 종종 내 마음에 이상한 느낌을 주었습니다. 비록 그것은 모든 놀이 중에서 가장 오래된 놀이라고 하더라도 사실 명백하게 유용한 것도 아니고, 목표에 가까운 것도 아닙니다.

그때 나의 정신은 물어보았습니다. 어디서나 그렇게 많이 생각하고 아주 꾀를 잘 내며 재치 있게 말하는 대신 재치 있게 행동하는 자연이 교양 있는 사람들이 익명으로만 나타내는 소박한 암시로 무엇을 의도하는지를.

그리고 이러한 익명성 자체는 이중적인 의미를 가지고 있습니다. 부끄러움을 알며 현대적인 사람일수록 익명성을 뻔뻔스

---

* 언어를 사용하여 행하는 놀이로, 일종의 언어유희로 볼 수 있다. 여기서는 익명으로 나타내는 소박한 암시가 이에 해당한다. 이때 익명성이란 사람의 익명성이 아니라 언어의 익명성을 의미한다.

러운 것과 관련시켜 해석하는 경향이 있습니다. 이와는 달리 고대 신들의 경우 모든 삶은 모종의 고전적인 품위를 가집니다. 정력이 넘치는 삶을 묘사한 뻔뻔한 영웅 예술조차 고전적인 품위를 가지고 있습니다. 그러한 작품들의 수량과 창의력의 정도는 신화의 영역에서 서열과 품위를 결정합니다.

이러한 수량과 창의력은 훌륭하지만 가장 숭고한 것은 아닙니다. 우리가 간절히 기다리던 이상은 어디에 숨어서 선잠을 자고 있는 것일까요? 또는 찾으려고 노력하는 마음은 있으나 최상의 조형예술에서 매너리즘만을 더 많이 발견할 뿐, 완벽한 양식은 결코 발견하지 못하는 것은 아닐까요?

사유는 자기 자신 다음으로 끝없이 생각할 수 있는 대상에 대해서 가장 많이 생각하고 싶어 하는 특성이 있습니다. 그래서 교양 있고 생각이 많은 사람의 삶은 자기 운명의 아름다운 수수께끼에 대한 영원한 수양이며 명상입니다. 그런 사람은 언제나 자신을 위해서 운명을 새롭게 결정합니다.* 왜냐하면 결정되고 결정하는 것이 자신의 완전한 운명이기 때문입니다. 인간의 정신은 탐색하는 일 그 자체에서만 자신이 추구하는 비밀을 발견합니다.

그러면 결정하는 것 그 자체는, 또는 결정된 것 그 자체는 도대체 무엇입니까? 그것은 남성성 속에 있는 익명의 존재입니다. 그러면 여성성 안에 있는 익명의 존재는 무엇일까요? 그

---

* '결정하다'라는 의미를 갖는 동사 bestimmen의 명사형인 Bestimmung은 여기서 '결정'과 '운명'의 이중적 의미로 사용되어 언어유희적인 역할을 하고 있다.

것은 결정되지 않은 것입니다.

결정되지 않은 것은 더욱 신비스럽지만 결정된 것은 더 많은 마력을 가지고 있습니다. 결정되지 않은 것의 매력적인 혼란은 더욱 낭만적이지만, 결정된 것의 고상한 교양은 더욱 천재적입니다. 결정되지 않은 것의 아름다움은 꽃의 일생처럼 그리고 유한한 인간의 영원한 젊음처럼 덧없습니다. 그리고 결정된 것의 에너지는 진짜 폭풍우처럼, 진정한 감격처럼 일시적입니다.

남성적이거나 여성적인 개체와 영원한 인간 사이에 존재하는 모든 간극을 메우고 여성 중재자*를 두기로 결정하는 실제적인 결정으로 그 둘을 묶는다면, 무한한 가치를 가지고 있는 그들을 누가 측정할 수 있으며 누가 비교할 수 있겠습니까?

결정된 것과 결정되지 않은 것, 그리고 그것들의 결정되거나 결정되지 않은 모든 관계, 이 모든 것들은 하나이며 전체입니다. 그것은 가장 놀라운 것이지만 가장 단순한 것이며, 가장 단순한 것이지만 가장 숭고한 것입니다. 우주 자체는 결정된 것과 결정되지 않은 것으로 이루어진 장난감일 뿐이며, 결정 가능한 것의 실제적인 결정은 영원히 흘러가는 피조물의 삶과 활동에 대한 알레고리적인 미니어처입니다.

영원히 불변하는 대칭을 이루는 가운데 그 둘은 영원한 것에 가까이 다가가거나 영원한 것으로부터 멀어지려는 서로 상반된 길을 목표로 삼아 노력하고 있습니다. 결정되지 않은 것은

---

* 기독교에서는 하느님과 인간 사이를 중재하는 역할을 그리스도가 맡고 있다고 보기 때문에, 여기에서 말하는 여성 중재자는 그리스도와 같은 역할을 하는 여성을 의미한다.

조용하나 확실하게 전진하면서 선천적인 자신의 소망을 유한성의 아름다운 중심으로부터 무한한 것으로 경계를 넓힙니다. 그와는 달리 완벽하게 결정된 것은 무한한 소망의 복된 꿈에서 대담하게 뛰쳐나와 유한한 행위의 경계 안으로 몸을 던지고 스스로를 정화하면서 언제나 포용력 있는 자제와 멋진 자족의 마음을 더 강화합니다.

이러한 대칭에도 믿을 수 없는 유머가 나타납니다. 자연은 이러한 유머로 가장 보편적이고 단순한 안티테제를 일관성 있게 이행합니다. 가장 화려하게 꾸민 인공적인 구조에서조차 축소된 초상화처럼 장난스러운 의미가 있는, 총체적으로 익살스럽게 비꼬는 말이 나타나서 자신과 자신이 행하는 유희의 진지함에 의해서만 생성되고 존립하는, 모든 개성에게 마지막 마무리를 하고 완성을 이루게 합니다.

재치 있는 관능의 다채로운 이상은 절대적인 것을 향해 다가가려는 노력에서 벗어나 이러한 개성과 알레고리를 통해서 꽃을 피웁니다.

이제 모든 것이 명백합니다! 따라서 알려지지 않은 익명의 신은 어디에나 분명히 존재합니다. 자연 자체는 언제나 새로운 시도가 이루어지는 영원한 순환을 원합니다. 또한 자연은 모든 개체가 내면에서 고유하고 새롭게 완성되어 새로워지는 것, 즉 가장 숭고하고 불가분한 개성의 진정한 이미지를 원합니다.

나의 성찰은 이러한 개성 속으로 스스로 깊이 침잠하여 그런 개인주의적인 노선을 취했기 때문에 곧 중단되고 자신을 잊었습니다.

"이해할 수 없는 이해력으로 육감의 경계가 아니라 그 중심부에서, 유희하는 것이 아니라 어리석게 다투는 이러한 암시는 나에게 무슨 의미일까요?"

율리아네도 그렇겠지만 당신은 이런 것에 대한 의견을 말하지 않고 분명히 질문을 할 것입니다.

사랑하는 그대여! 풍성한 꽃다발이 단정한 장미와 잔잔한 물망초와 수수한 제비꽃만 보여주어도 될까요? 거기에 순결하고 순수하게 피어난 그 밖의 꽃들을 보여주어도 될까요? 아니면 다채로운 영광 속에서 환하게 빛을 발하는 나머지 모든 꽃들을 보여주어도 될까요?

수컷의 미숙한 행동은 매우 다양하며 온갖 종류의 꽃과 과일을 풍성하게 합니다. 하지만 내가 이름을 붙여주고 싶지 않은 별난 식물조차도 자신의 자리를 가져야 합니다. 그런 식물은 적어도 밝은 빛으로 타오르는 석류와 빛나는 오렌지를 돋보이게 합니다. 아니면 이처럼 다채로운 색으로 채우는 대신 그밖의 다른 모든 꽃들의 아름다움을 자신에게 통합시켜서 그들의 존재를 불필요하게 만드는 하나의 완벽한 꽃만 있어야 할까요?

내가 지금 곧 다시 하고자 하는 것에 대한 해명은 하지 않겠습니다. 만들려는 작품의 소재를 종종 기꺼이 남성적인 영감에서 차용하여 미숙함을 그린 예술 작품에 대한 당신의 객관적인 감각을 매우 신용합니다.

당신 같은 여자들이 사랑하는 법을 알고 있듯이 남자들은 특별히 섬세하게 미워하는 법을 알고 있다는 것과, 남자들은 다툼이 끝나면 다툼을 고귀한 것으로 변모시킨다는 것과, 이에 대해 당신이 만족할 만큼의 많은 촌평을 한다는 것은 정겨운 푸리오소*이며 영리한 아다지오**입니다.

* 악보에서 '열렬하게 연주하라'는 말이다.
** 악보에서 '안단테와 라르고 사이의 느린 속도로 연주하라'는 말이다.

율리우스가 안토니오에게 보내는 편지

I

당신은 최근에 매우 달라졌습니다. 친구여, 당신이 인식하기도 전에 훌륭한 것에 대한 감각을 잃어버리는 일이 없도록 주의하십시오. 주의하지 않는다면 어떻게 될까요? 당신은 결국 너무 예민하고 섬세해져서 마음과 감각을 모두 잃을 수도 있습니다. 당신의 남성다운 모습과 행동하는 힘은 어디에 있습니까?── 우리가 더 이상 함께 살지 않고 이웃에서 살게 된 이후로 아직 나는 당신이 내게 하는 것처럼 나도 당신에게 그대로 해주고 싶은 마음이 부족합니다. 나는 당신을 향한 마음을 자제하려고 합니다. 그리고 아무리 그 친구가 모든 아름다운 것에 대한 감각을 가지고 있다 하더라도 우정에 대한 감각은 아직 결여되어 있다고 나는 당신에게 말할 것입니다. 그렇기는 하지만 나는 그 친구와 그의 모든 행동을 도덕적으로 비난하는 사람이 되지는 않을 것입니다. 그런 일을 할 수 있는 사람은 친구를 갖는 귀한 행복을 누릴 자격이 없습니다.

당신이 우선적으로 자신을 책망하는 것은 일을 더 악화시킬 뿐입니다. 진지하게 나에게 말해보십시오. 당신은 이처럼 냉정하고 예민한 감정에서, 그러니까 인간을 공허하게 만들고 삶의 진수를 갉아먹는 그런 정신 수련에서 가치를 찾고 있습니까?

이미 오랫동안 나는 상황을 받아들이고 조용히 있었습니다. 당신은 그토록 많은 것을 알고 있기 때문에 우리의 우정을 갈라놓은 원인 또한 잘 알고 있으리라는 것을 나는 결코 의심하지 않았습니다. 내가 잘못 생각한 것이나 다름없습니다. 왜냐하면 내가 에두아르트와 아주 친하게 지내고 싶어 하는 것을 알고 당신이 매우 놀란 것처럼 보였기 때문입니다. 말하자면 당신은 마치 당신이 도대체 어떻게 내 기분을 상하게 했는지 이해하지 못하고 질문하는 것처럼 보였기 때문입니다. 그것뿐이라면, 단지 어떤 개별적인 단순한 것이라면 그처럼 쓸데없는 질문을 할 필요가 없을 것입니다. 그것은 스스로 답을 얻고 보완될 것입니다. 그러나 에두아르트에 대한 모든 일을 있는 그대로 당신에게 알려줄 때마다, 언제나 내가 그것을 모독으로 느낀다면 그것은 그 이상이 아닌가요? 당신은 물론 그에게 어떤 짓도 하지 않았으며, 큰 소리로 말하지도 않았습니다. 그러나 나는 당신이 그에 대해 어떻게 생각하고 있는지 정말 잘 알고 있습니다. 내가 그것을 잘 알지 못한다면, 도대체 우리 정신의 보이지 않는 교감은 무엇이며, 이러한 교감의 아름다운 마법은 무엇이란 말입니까?—여기서 당신은 확실히 더 이상 물러서거나 솜씨를 부려 오해를 불식하려고 노력할 생각을 가질 수 없을 것입니다. 왜냐하면 나도 사실은 더 이상 어떤 말도

하고 싶지 않기 때문입니다.

당신들 둘은 두말할 나위도 없이 메울 수 없는 성격 차이 때문에 갈라섰습니다. 당신의 고요하고 맑은 심연과 그가 살아온 부단한 삶의 격렬한 투쟁은 인간적 존재의 양극단에 놓여 있습니다. 그는 바로 행동하는 인물이며, 당신은 느끼고 관찰하는 인물입니다. 바로 그런 이유로 당신은 모든 것에 대한 감각을 갖고 있어야 합니다. 그리고 당신은 의도적으로 자신을 차단하지 않을 때는 그러한 감각을 갖고 있습니다. 그런 사실이 대체로 나를 언짢게 합니다. 당신은 그 훌륭한 사람을 오해한다기보다 미워하는 거겠지요!―그러나 아직도 세상에 남아 있는 소수의 훌륭하고 아름다운 것을 대할 때마다, 총명하다는 사람이 그것의 의미를 요구하면서 가능한 한 수준 낮은 것으로 평가하는 비정상적인 일을 습관적으로 하게 된다면, 그런 일들은 무엇을 초래할까요?―사람은 자신이 보고 싶어 하는 사람이 되어야 합니다.

그것이 당신이 과시하는 아량인가요?―물론 당신은 평등의 원칙을 준수합니다. 그래서 누구라도 당신과 아주 특별히 더 잘 지내는 사람은 없습니다. 각자 자신의 방식대로 잘못 판단하고 있을 뿐입니다. 당신은 또한 에두아르트가 가장 성스럽게 여기고 있는 것에 대한 나의 생각을 당신이나 다른 사람들에게 영원히 말하지 말라고 강요하지 않았나요? 그것은 당신이 적절한 시간이 될 때까지 당신의 판단을 보류할 수 없었기 때문이며, 당신의 마음이 자신의 것을 찾기 전에 도처에 경계를 상정하고 있었기 때문입니다. 당신은 나의 가치가 실제로 얼마나 큰 것인지 당신에게 설명해야 하는 지경까지 나를 몰고 갔습니다. 당신이 가끔 판단하지 않고 나를 믿어주었더라면, 그리고 나의 내면 어딘가에 미지의 무한한 자질이 있다고 생각해주었더라면, 당신은 얼마나 더 올바르고 신뢰할 수 있는 사람이 되었을까 하는 말을 당신에게 실토하도록 만들었습니다.

물론 나 자신의 부주의한 행동에 모든 책임이 있습니다. 내가 현재의 모든 것을 당신과 함께 나누려 했으면서도 과거나 미래에 대해서는 당신에게 알려주지 않았는데, 아마도 그것은 고집 때문이었을 것입니다. 나는 그것이 내 감정과 맞지 않은 탓이었는지, 내가 그것을 불필요하다고 생각했는지 잘 모르겠습니다. 왜냐하면 사실 나는 당신의 지성을 무한히 신뢰하고 있었기 때문입니다.

오, 안토니오, 내가 영원한 진리를 의심하게 된다면, 그것은 당신이 존재와 공존의 순수한 조화에 근거하는 저 잔잔하고 아름다운 우정을 잘못되고 전도된 것으로 여기도록 만들었기 때문일 것입니다!

내가 완전히 다른 쪽으로 돌아섰다는 것이 아직은 납득하기 어려운 일인가요?—나는 부드럽게 즐기는 것을 거부하고 삶의 거친 투쟁에 뛰어듭니다. 나는 서둘러 에두아르트에게 갑니다. 모든 것은 이미 약속되어 있습니다. 우리는 단지 함께 살아가려는 것이 아니라, 형제의 의로 하나가 되어 일하고 행동하기를 원합니다. 그는 거칠고 무뚝뚝하며, 그의 덕은 다정다감하다기보다는 힘이 있습니다. 그러나 그는 남성적인 위대한 마음을 갖고 있습니다. 그가 보다 나은 시대를 살았더라면 영웅이 되었을 것이라고 나는 감히 말합니다.

II

우리가 결국 한 번 더 서로 대화를 나눈 것은 아마도 잘한 일일 것입니다. 나는 당신이 결코 글을 쓰려 하지 않고, 불쌍하고 죄 없는 문자를 비난하는 것도 좋게 생각하고 있습니다. 왜냐하면 당신은 정말로 말하는 재능이 탁월하기 때문입니다. 그러나 말하지는 못하고 당신에게 글로 써서 넌지시 알려주고자 하는 몇 가지 이야기가 내 마음속에 있습니다.

그런데 왜 이런 방법일까요?—오, 친구여, 의사전달의 미세하고 세련된 특성을 내가 좀더 알고 있다면, 내가 원하는 바를 당신에게 말하기 위해 글로 쓰는 것보다 좀더 우아하게 가려서 표현하고 좀더 부드럽게 거리를 두어 표현하는 방법을 알고 있다면 얼마나 좋겠습니까! 대화는 내게 너무 시끄럽고 너무 사적이며 또한 너무 개별적입니다. 이처럼 개별적인 말은 언제나 관계의 한쪽 측면, 한 부분만을 제공합니다. 다시 말하자면 내가 충분한 조화 속에서 넌지시 전달하려던 일관적인 전체 중의 한 부분만을 제시합니다.

그리고 함께 지내기를 원하는 남자들이 생활 중에 서로에게 너무 예의 바르다는 것이 가능할까요?—어떤 말을 너무 심하게 하는 것을 염려하거나, 그런 이유로 내가 우리의 대화에서 어떤 사람이나 대상에 대한 언급을 기피하는 정도라면 모르겠습니다. 그런 일에 관한 한 우리 사이를 갈라놓는 경계선은 영원히 없어졌다고 나는 생각합니다.

그런데 내가 당신에게 말하려고 했던 것은 완전히 일반적인 일입니다. 그렇다고 하더라도 나는 이처럼 우회적인 방법을 선택하겠습니다. 나는 그것이 사려 깊은 생각 끝에 나온 잘못된 판단인지 잘된 판단인지 잘 모르겠지만, 당신과 얼굴을 맞대고 우정에 대해 많은 말을 나누는 일은 정말로 어려울 것 같습니다.

하지만 이러한 주제에 대해서 당신에게 말해야만 하는 나의 생각들이 있습니다. 당신은 적용을—이것이 가장 중요합니다—스스로 쉽게 할 수 있을 것입니다.

내 마음에는 두 가지 종류의 우정이 있습니다.

첫번째 우정은 완전히 피상적인 것입니다. 이 우정은 급하고 탐욕스럽게 많은 일을 해나갑니다. 이것은 적당한 남자들을 거대한 영웅 연맹에 가입시키고, 각종 덕목을 붙여 만든 오래된 올가미를 씌워 단단히 구속합니다. 그리고 새로운 형제들을 얻으려고 끊임없이 노력합니다. 이 우정은 많이 가지면 가질수록 더 많은 것을 갈망합니다.

이전 시대를 생각해보십시오. 그러면 당신은 숭고한 힘이 즐비하게 활동하며 세계를 만들거나 지배하는 모든 곳에서, 비록 우리나 우리가 사랑하는 사람에게 악이 존재한다 하더라도, 모든 악에 대항하여 공정한 싸움을 벌이는 이런 종류의 우정을 발견하게 될 것입니다.

지금은 그때와 다른 시대이긴 합니다만, 이러한 우정의 이상은 내가 나 자신으로 존재하는 한 내 안에 머물러 있을 것입니다.

두번째 우정은 완전히 내면적인 것입니다. 이 우정은 한 친구가 다른 친구를 갖가지 방법으로 보완해주도록 미리 정해져 있는 것과 같은, 가장 개성적인 특성들의 놀라운 균형입니다. 모든 생각과 감정은 서로를 분발시키고 가장 성스러운 것들을 계발시켜나가며, 그럼으로써 우정을 키웁니다. 그리고 이처럼 순수하고 정신적인 사랑인 우정의 아름다운 신비는 어쩌면 헛된 것이 될 수도 있는 노력의 아련한 목표로서 그냥 부유하기만 하는 것은 아닙니다. 그렇습니다. 이것은 완성되어야만 발견할 수 있습니다. 다른 영웅적인 우정과 마찬가지로 이때 어떤 환멸도 일어나지 않습니다. 한 남자의 덕이 진실한지의 여부는 행실이 확실하게 알려줄 것입니다. 그러나 자신의 내면에서 스스로 인간과 세계를 느끼고 보는 사람은 누구든 자신이 존재하지 않는 곳에서는 보편적인 의미와 정신을 쉽게 찾을 수 없을 것입니다.

내면이 아주 고요해지고 다른 사람의 신성을 겸손하게 존중할 줄 아는 사람만이 이러한 우정을 취할 자격이 있습니다.

신들이 인간에게 그러한 우정을 선물한 것이라면, 인간은 그저 그 우정을 외적인 모든 위험으로부터 조심스럽게 지키며 성스러운 본질을 소중히 다루어야 할 뿐입니다. 왜냐하면 우아한 꽃은 영원하지 않기 때문입니다.

동경과 평온

　루친데와 율리우스는 가벼운 옷차림으로 정자의 창가에 서서 차가운 아침 공기를 마시며 기분이 상쾌해졌다. 그리고 즐거운 노래를 부르는 온갖 새들의 인사를 받으며 떠오르는 아침 해를 하염없이 바라보았다.

　루친데가 물었다. "율리우스, 나는 왜 이토록 즐거운 평온을 누리면서도 심각한 동경을 느끼는 것일까요?" 율리우스가 대답했다. "동경 속에서만 우리는 평온을 느낍니다. 그렇습니다. 평온이란 우리의 정신이 아무런 방해도 받지 않고 스스로 동경하고 추구할 때만, 동경을 가장 고상한 것으로 여길 수 있는 곳에서만 존재하지요."

　루친데가 말했다. "밤의 평온 속에서만 동경과 사랑은 저 장엄한 태양처럼 밝고 넉넉하게 불타오르며 빛을 내지요." 율리우스가 대답했다. "그리고 낮에 사랑의 행복은 달이 빛을 아끼는 것처럼 그렇게 희미하게 빛납니다." 루친데가 덧붙여 말했다. "또는 그것이 나타났다가 달이 숨어 있어서 방을 밝히려고 불을

켜는 순간의 섬광처럼 갑자기 어둠 속으로 사라지기도 해요.”

율리우스가 말했다. “작은 나이팅게일 새*는 오직 밤에만 비탄하는 소리와 깊은 탄식의 소리로 노래를 부릅니다. 오직 밤에만 꽃이 수줍게 꽃망울을 터뜨리고 정신과 감각 모두를 똑같이 황홀감에 도취시키려고 가장 아름다운 향기를 내뿜지요. 루친데, 낮의 소음 속에서는 애정 어린 자존심으로 감미로운 성역을 가두고 있던 그 입술에서 오직 밤에만 사랑의 열정과 대담한 대화가 숭고하게 흘러나옵니다.”

루친데 율리우스, 당신이 그토록 설명하고 있는 신성한 사람은 내가 아니에요. 내가 나이팅게일 새처럼 비탄의 노래를 부르고 싶다 하더라도, 깊이 생각해보니 오직 밤에만 헌신할 수 있어요. 신성한 사람은 바로 당신입니다. 혼란이 잦아들고 일상적인 어떤 것도 당신의 숭고한 정신 활동을 방해하지 못할 때, 영원히 당신의 것인 내게서 당신이 보는 것은 환상이 피워내는 분꽃**이지요.

율리우스 겸손해하지 마시고 내게 아부하지도 마십시오. 당신은 밤의 여사제임을 명심하세요. 풍성한 머리카락의 까만 광택, 진지한 눈동자의 반짝이는 검은색, 큰 키, 이마와 기품 있

---

* 그리스 신화의 인물인 아에돈은 아들이 하나뿐이라서 아들이 많은 니오베를 시기했다. 그래서 니오베의 맏아들을 죽이려다가 실수로 자기 아들인 이틸로스를 죽이게 되었다. 신들이 비탄에 빠진 그녀를 나이팅게일 새로 만들어주었기 때문에 나이팅게일은 밤마다 슬피 운다고 한다.

** 분꽃은 오후 늦게 피어 다음 날 아침에 진다. 옛날에 우리나라에서는 이 꽃이 필 때 저녁밥을 지었다고 한다.

는 팔다리의 위엄 등이 햇빛 속에서도 분명히 그 징후를 보여 줍니다.

루친데 당신이 칭찬하는 동안 내 눈은 아래를 향하게 돼요. 왜냐하면 이제 소란스러운 아침이 눈을 부시게 하고 즐거운 새들의 다채로운 노랫소리가 영혼을 어지럽히고 놀라게 하거든요. 게다가 내 귀는 고요하고 어두운 저녁의 찬 공기를 마시며 다정한 연인의 감미로운 이야기를 욕심껏 듣고 싶어 하지요.

율리우스 그것은 공허한 환상이 아니에요. 당신을 향한 나의 동경은 끝이 없으며 영원히 미완성입니다.

루친데 어쨌든 당신은 나의 존재가 평온함을 찾아내는 장소예요.

율리우스 그대여, 경건한 평온함을 나는 오직 동경에서만 발견했어요.

루친데 그리고 나는 이러한 멋진 평온함에서 경건한 동경을 찾아냈어요.

율리우스 아, 이러한 격정을 가리는 베일을 강건한 빛이 걷어 올려준다면, 그리고 감각적인 유희가 뜨거운 나의 영혼을 차갑게 진정시켜준다면 정말 좋겠어요!

루친데 젊음이 떠나가고 당신이 언젠가 다소간 고상하게 당신의 위대한 사랑을 포기했듯이 내가 당신을 단념하게 되면, 그때는 또한 영원히 냉정하고 진지한 인생의 낮이 따뜻한 밤을 망쳐버릴 거예요.

율리우스 당신에게 당신이 보지 못한 예전의 내 여자 친구를 보여주게 된다면, 그리고 그녀에게 내가 누리는 놀라운 행복의 경이로운 모습을 보여주게 된다면 좋겠어요.

루친데 당신은 그녀를 여전히 사랑하고 있고, 나를 사랑하듯이 정말 영원히 사랑할 겁니다. 그것은 당신의 놀라운 가슴이 지닌 대단히 경이로운 모습이에요.

율리우스 당신의 마음보다 놀랍지는 않아요. 나는 당신이 내 가슴에 기대어 기도Guido의 머리카락을 가지고 노는 것을 봅니다. 우리 둘은 형제애로 하나가 되었으며, 당신은 영원한 기쁨의 화관을 우리의 기품 있는 이마에 씌워주네요.

루친데 꽃들을 밤의 어둠 속에서 쉬게 해줘요. 마음의 내밀한 심연에서 성스럽게 피어나는 꽃을 빛 쪽으로 끌어내지 말아요.

율리우스 세심한 감성과 거친 운명을 격렬하게 잡아채어 가혹한 세계로 던지는 야생의 인간과 삶의 파도가 즐겁게 어울릴 수 있는 곳은 어디인가요?

루친데 당신의 숭고한 여자 친구가 지닌 순수한 이미지가 당신의 순수한 영혼이 깃든 파란 하늘에서 독특한 모습으로 빛나고 있어요.

율리우스 오, 영원한 동경이여! 그러나 결국 낮의 헛된 동경과 공허한 눈부심은 힘을 잃고 사라지지요. 그리고 위대한 사랑의 밤은 영원히 평온함을 느낍니다.

루친데 이대로 있어도 된다면, 나는 사랑을 품은 따뜻한 가슴에서 여자의 마음을 느낄 거예요. 나의 마음은 당신의 동경만을 동경할 것이며, 당신이 평온함을 발견하는 곳에서 평온하게 있을 거예요.

상상의 희롱

신의 다정한 아이인 삶 자체는 힘들고 소란스러운 삶의 준비 때문에 옆으로 밀려나고, 원숭이의 사랑 방식인 보살핌이 그 삶을 껴안아 애처롭게 질식시킵니다.

의도를 갖는 것, 의도에 따라 행동하는 것, 새로운 의도에 이르기 위해 하나의 의도를 다른 의도들과 엮는 것. 이러한 왜곡된 행동들이 신을 닮은 인간의 멍청한 본성에 깊이 뿌리박혀 있기 때문에, 인간이 영원히 흐르는 심상과 감정의 내적인 강물 위를 어떠한 의도도 갖지 않고 자유롭게 움직이려 한다면, 하고자 하는 마음을 제대로 갖고 의식적으로 의도를 만들어야 합니다.

자신의 의지로 침묵을 선택하는 것, 상상력이 풍부한 영혼을 복구하는 것, 젊은 어머니가 응석받이 아이와 장난하는 달콤한 희롱을 방해하지 않는 것 등은 오성이 보여주는 최고의 모습입니다.

그러나 오성은 순수했던 전성기가 지난 이후에는 그렇게 이성적인 모습을 거의 보여주지 못했습니다. 오성은 영혼을 혼자 소유하려고 합니다. 영혼이 선천적인 사랑만을 지니고 있다는 생각을 하는 순간에도, 오성은 남몰래 엿듣고 어린 시절의 신성했던 놀이 대신 과거의 목표에 대한 단순한 회상이나 미래의 목표에 대한 전망을 밀어 넣습니다. 그렇습니다, 오성은 차갑고 공허한 공상에 채색을 하고 일시적인 온기를 제공하는 방법을 알고 있으며, 모방 예술을 통해 순진한 상상에게서 가장 본질적인 특성을 빼앗으려 합니다.

그러나 젊은 영혼은 이런 조숙한 협잡꾼의 간계에 우롱당하지 않으며, 언제나 사랑하는 사람이 아름다운 세계의 아름다운 이미지와 노는 것을 바라봅니다. 젊은 영혼은 아이가 삶의 꽃으로 엮은 화관을 흔쾌히 자신의 이마에 두르게 하고 선잠에 빠져 사랑의 음악을 꿈꿉니다. 그리고 멀리서 이어질 듯 끊어지고 끊어질 듯 이어지며 들리는 사랑의 시와도 같은 신비롭고 다정한 신의 음성을 듣습니다.

오래된 친숙한 감정이 과거와 미래의 심연으로부터 울려 나옵니다. 그것은 귀를 기울여 듣고 있는 정신을 부드럽게 건드리고는, 다시 희미한 음악과 흐릿한 사랑의 뒷전으로 재빨리 사라집니다. 모든 것은 아름답고 복잡한 혼란 속에서 사랑하며 살고 탄식하며 기뻐합니다. 여기 떠들썩한 축제에서 즐거워하는 모든 사람들이 입술을 벌려 떼창을 부르고, 여기 외로운 소녀가 속마음을 털어놓고 싶은 남자 친구 앞에서 벙어리가 되어 입술에 미소를 머금고 입맞춤을 거부합니다. 많은 생각을 하며 나는 너무 일찍 잠들어버린 아들의 무덤 위에 꽃을 뿌립니다. 그러고 나서 곧 고귀한 여사제가 손짓하여 나를 부르고 영원히 순수한 불꽃과 영원한 순수와 영원한 열정의 이름으로 서약하는 가장 진지한 결합을 위해 내게 손을 내미는 동안, 나는 기쁨과 희망으로 가득 차서 그 꽃들을 사랑하는 형제의 신부에게 바칩니다. 나는 검을 잡기 위해 제단과 여사제로부터 도망치고 영웅의 무리들과 함께 전장에 뛰어들지만, 깊은 고독 속에서 나 자신과 머리 위의 하늘만 바라보면서 곧 그들을 잊어버립니다.

그러한 꿈을 꾸며 잠자는 영혼은 잠에서 깨어나더라도 그 꿈을 영원히 끊임없이 꿉니다. 그런 영혼은 사랑의 꽃이 자신을 휘감고 있음을 느끼며 헐거워진 화관이 망가지지 않도록 조심합니다. 그리고 기꺼이 포로가 되어 상상에 몸을 맡기고, 달콤한 희롱으로 모성의 슬픔을 보상하는 자식의 뜻을 기꺼이 따릅니다.

그러면 꽃이 피기 시작할 때의 신선한 입김과 아이처럼 순진한 환희의 후광이 삶 전체에 불어옵니다. 남자는 애인을 숭배하고 어머니는 자식을 숭배하며 모두는 영원한 인간을 숭배합니다.

이제 영혼은 나이팅게일의 탄식과 새로이 태어나는 아기의 미소를 이해하며, 꽃과 별에 나타나는 신비로운 상형문자의 깊은 의미를 이해합니다. 그리고 삶의 성스러운 의미와 자연의 아름다운 언어를 이해합니다. 모든 사물이 영혼에게 말을 걸고 영혼은 도처에서 부드러운 베일을 통해 사랑하는 정신을 봅니다.

이렇게 축제날처럼 장식한 대지에서 영혼은 삶의 가벼운 춤을 추며 나아갑니다. 순진하게, 그리고 다만 동료애와 우정의 리듬을 따르기를 바라면서, 사랑의 하모니가 방해하지 않도록 조심하면서.

　그사이에 영원한 노래가 울립니다. 그것은 더욱더 위대한 기적을 알려주는 몇 마디 말을 때때로 영혼이 알아듣고 만든 노래입니다.

　이러한 마법의 원은 점점 더 아름답게 영혼을 둘러쌉니다. 영혼은 결코 도망칠 수 없습니다. 그리고 영혼이 만들거나 말하는 것은 어린아이처럼 순수한 신들의 세계에서 일어나는 아름다운 비밀에 대한 경이로운 연애담처럼 여겨집니다. 그것은 감정의 매력적인 음악을 동반하며 사랑스런 삶의 의미심장한 꽃으로 장식되어 있습니다.

단편 유고[*]

* 1829년 슐레겔이 사망했을 때 방대한 양의 미발표 원고가 유품으로 남아 있었다. 철학편으로 제목이 붙은 노트가 20권, 시와 문학편 19권, 역사 및 정치편 18권, 신학 및 철학편 42권 등이었다. 여기에 실린 다섯 편은 이미 발표된 『루친데』에 덧붙이려고 생각하고 쓴 듯 보이는 단편들이다.

농담 이야기—루친데가 율리우스에게 보내는 편지

나도 이미 당신과 마찬가지로 사랑의 대담함과 뻔뻔함 속에 깃들어 있는 최고의 희열에 대한 생각을 겁 없이 죽음의 관념과 결합시키는 법을 배웠어요. 마음에 일어나는 이러한 분열의 감정인 영원한 증오를, 다시 말하자면 장엄한 힘의 위대한 쇼가 녹색 대지에 멋지고 충만한 모습을 갖도록 생기를 불어넣는 동안, 모든 존재에 선천적으로 내재하며 도처에서 은밀하고 솔직하게 움직이며 활동하는 이런 영원한 증오를, 절정의 힘과 활기찬 열정이 뿜어내는 이런 신성한 증오를 침착하게 바라보고 이해할 용기를 준 것은 사랑이었어요. 오로지 사랑뿐이었어요. 또한 사랑은 진심으로 자연에 순종하지요. 그럼에도 불구하고 사랑은 종종 관중들이 별로 기대하지 않을 때 갑자기 관객을 휘어잡거나, 방금 전만 해도 멀리서 조용히 바라보던 관객을 무한한 구경거리가 불러일으키는 거친 소용돌이 속으로 끌어넣는 연극에서도, 그리고 내가 방금 말한 것과 똑같은 일을 경험으로 전환시키는 순간에도, 전능한 어둠의 힘에 대해 느끼는 성스러운 두려움보다 더욱더 성스러운 것을 느낄 용기를 주었어요. 왜냐하면 대지가 투쟁하여 이루어낸 빈틈없이 충만한 모습과 함께 하늘의 빛나는 영광이 나에게 명확하게 다가왔기 때문이지요. 또한 시기가 도래한다는 것을 나는 내면에서 보고 알기 때문이지요.──아니에요. 시기는 도래하지 않아요. 시기는 이미 이곳에 도래했으며 늘 있었어요. 인간이 언제나 마음이 평화로운 가운데 자신과 신을 관조하기를 원했던 것처럼, 번잡하고 풍요로운 모습 뒤에서 인간이 방해받지 않으며 부드럽고 순수하게 빛을 향해 곧장 위로 올라가려는 시기가 늘 있었어요.

그래요. 어린아이 같은 즐거움과 쓰라린 고통, 격렬한 분노와 느긋하고 몽롱한 상태, 죽음과 사랑, 욕정과 기도하는 마음, (미친 듯한) 건방과 우울(나를 떠나지 않는 조용한 탄식), 어두운 비탄과 밝은 방종 등이 바로 그것이지요. 그것은 내 앞에 아주 단순한 윤곽으로 나타나 나를 응시하며, 감정의 토로와 농담 속에서, 편지와 꿈속에서, 이야기와 희롱 속에서, 대화와 연설 속에서 살아가며 애쓰지요. 그것은 당신 시의 정신이며 내용이에요. 그래서 그것은 나에게 매우 소중하며, 나는 그것을 진정으로 사랑하는 마음과 경외심을 가지고 가슴에 품고 있어요. 왜냐하면 거기에서 나는 (가장 강렬하게) 동경하는 것의 가장 선명한 이미지를 발견했기 때문이지요.

오, 그것을 표현하기 위한 단 몇 마디 말이라도 주어진다면! 그러나 아직 아무도 자기 자신을 이해하지 못했어요. 나를 위해 단 몇 마디 말이라도 찾아주세요. 나는 그 노래를 알고 있어요. 그리고 그 노래 또한 소리를 잃게 된다면 우리는 우리 앞에 있는 그림의 색조를 가리키면서 말할 수 없는 것을 무언의 신호로 알리려고 할 거예요.

우정의 본질에 대해서

율리우스 나는 그것을 이해합니다. 그렇습니다, 나는 그것을 믿기도 합니다. 농담은 모든 것을 농담거리로 만듭니다. 농담은 자유롭고 보편적입니다. 그러나 나는 그것을 반대합니다. 나의 존재가 있는 곳은, 다시 말하자면 가장 내밀한 존재가 있는 곳은 그런 이유로 인해 일반적으로 남의 마음을 아프게 하는 일에 대해서는 생각할 수 없는 곳입니다. 그곳에서 나는 농담을 견딜 수가 없습니다.

로렌초 그렇다면 그곳의 진지함은 아마도 아직 완벽하지는 않은 것 같습니다. 그렇지 않다면 지금쯤 아이러니가 나왔을 것입니다. 그러나 그런 이유로 아이러니는 이미 존재합니다. 당신은 오로지 아이러니가 떠나가기만을 기다려야 합니다.

율리우스 당신은 내가 막 하려던 말을 하고 있습니다. 육체에 대한 관능적인 농담이 주는 아픔을 나는 싫어하지 않습니다. 바로 그러한 농담 속에 깃들어 있는 가장 정신적이고 우아하며 사려 깊은 것, 가장 성스러운 요소를 싫어합니다. 당신은 그 말을 직접 언급했습니다. 그것은 아이러니입니다. 아이러니는 우정의 음악에서 종종 명백한 불협화음으로 나를 성가시게 합니다.

로렌초　그렇다면 그 음조가 너무 자주 끼어들었거나 나와야 할 곳에 나오지 못한 것입니다. 그러나 그것은 음의 잘못이 아닙니다. 그렇지만 당신이 옳을지도 모릅니다. 사람들이 결국 그것을 싫어하게 되는 것이 아이러니의 아이러니인지 아닌지 누가 알겠습니까?

율리우스　나는 차라리 그 아이러니를 당신이 아이러니하지 않게 아이러니에 대해 말하는 것이 불가능할 듯 보인다는 데서 찾고 싶습니다.

로렌초　나는 바로 그 반대일까 봐 걱정입니다. 사람들이 심하게 진지해져서 자신의 처지를 모른다면, 아이러니는 어디에서 나옵니까? 그리고 내가 생각하면 할수록 그것은 이해하기 어려워집니다.

율리우스　그 수수께끼를 무엇이라고 하나요?

로렌초　우정은 아이러니와 서로 어울릴 수 없다는 것을 당신이 아는 것입니다.

율리우스　그래서요?

로렌초　그러니까 아이러니가 우정의 실제적인 본질이 아니라면 아마도 신들이 우정의 실제 모습을 알 것입니다. 아니면 아이러니가 스스로 그것을 알 것입니다. 하지만 나는 모릅니다.

율리우스　아이러니는 또한 본질이 목표를 향한 노력과 하

우정의 본질에 대해서　173

나가 되어 조화를 이루는 때를 알고 있습니다.

로렌초   말하자면 친구들이 그것을 아는 때를.

율리우스   아닙니다. 친구들은 그것을 알지 못할 때가 종종 있습니다. 그러나 아이러니는 그것을 알고 있습니다.

로렌초   친구여, 당신은 그것을 어떻게 알았습니까?

율리우스   나의 내면에 있는 이런 신성한 자질과 노력이 무엇인지 아직 깨닫지 못하고 예감도 하지 못했을 때, 아이러니는 이미 방향과 목표를 알고 있었으며, 알게 된 것을 행동으로 보여주었습니다. 그것은 오로지 진실로 정당한 것과 관계를 맺었고, 정당하지 않은 모든 것들은 간단히 시험해본 후에 물리쳤습니다. 그리하여 그것은 실증되고 확대되고 명백해졌으며, 자신의 힘을 자각하고 모든 인간적인 것들이 행동을 통해서 그러듯이 현명해졌습니다. 왜냐하면 당신은 확실히 지식을 말로 표현할 수 있는 것으로 한정하는 것을 원하지 않기 때문입니다.

마리아에게 보내는 편지

　루친데의 사랑 속에서 대지는 신선하고 즐거운 빛을 나에게 비추어주었습니다. 당신의 눈은 나에게 하늘을 상기시키고, 당신의 노래는 나를 유혹하여 심연에 들게 합니다.

　나는 나의 즐거움을 오로지 밤에게만 위임할 수 있으며, 밤의 품속에 그것을 조심스럽게 감추려 합니다. 왜냐하면 날이 새면 그것이 시들 것임을 느끼고 있기 때문입니다.

기도Guido의 죽음

그렇습니다. 나는 원합니다. 그러니까 어쩌면 떠나간 사람에게 이러한 작은 서비스를 하는 것조차 나의 떨리는 손이 포기하기 전에, 또는 탈이 난 나의 감각이 완전히 혼란해지기 전에 처음이자 마지막으로 간소한 펜을 들어보겠습니다. 나는 나 자신과 나의 지인들이 나와 내 사랑을 생각하고 기억하도록 해보려 합니다. 혹시라도 운이 좋으면 멀리서 보낸 이 덧없는 종이들이 다른 사람에게는 다정하게 빛나는 저 눈동자의 빛 앞에 놓일 수도 있을 것입니다. 그 눈빛은 내 인생의 밤을 영원히 밤의 어둠에 맡기기 위해서, 번개가 치듯이 잠시 동안 파멸적인 빛으로 밝혀줄 것입니다.

내가 당신을 느낄 수 있다면 고통을 환영합니다! 연민이 고통스러우면 그것 때문에 내가 죽어도 좋습니다. 그러나 마침 나는 다른 사람의 마음을 찢는 것이 어떤 것인지 마음속의 가장 깊고 어두운 곳에 이르기까지 살펴봅니다. 그리고 명확하게 떠오르려던 이러한 영감은 모든 사람의 심금을 울리는 노래로 흘러들어갑니다. 그러나 이렇게 마음이 혼란스러울 때에는 어떤 노래도 내 마음이 겪은 것을 아직은 균형을 잡아 표현하여 알릴 필요가 없습니다. 그런데 침묵하는 종이 위에서 감정을 잃은 펜 놀림이 혼란에 빠져 있는 동안, 그것은 파멸을 획책하는 뱀처럼 끔찍하게도 몰래 엿들을지 모릅니다.

나는 사랑했지만 사는 것같이 살지는 않았습니다. 나는 그것을 잘 알고 있습니다. 왜냐하면 나에게 삶이란 죽음을 향해 다가가는 지루한 감정일 뿐이었기 때문입니다. 그래서 미래에 나를 회상할 때 그 어두운 이름은 항상 나의 삶을 연상시키게 될지도 모릅니다.

오, 소리와 가사 속에 깃들어 있는 선율의 정신이 있습니다. 그리고 그것 때문에 사람들은 삶을 사랑할 수 있습니다. 그것은 사람들을 깊게, 깊게, 아주 깊게 침잠시킵니다. 그러면 모든 것이 조용하고 다정하며 아름답습니다. 그것이 어떤지는 결코 표현할 수 없습니다.

선율이 항상 그런 식은 아니었습니다. 왜냐하면 사랑스러운 그 빛이 나의 심장을 건드렸던 그 순간에야 비로소 나는 실제 음악을 처음으로 명확하게 느꼈기 때문입니다. 그러자 모든 것이 새로워졌습니다. 도처에 소리가 있었습니다. 그것은 놀랍고 혼란스러웠습니다. 나는 나의 소리에서 나 자신에 대한 것을 들었습니다. 지금은 음악이 좋지 않습니다. 왜냐하면 나는 다른 사람을 위해 연주되는 악기일 뿐이기 때문입니다. 그런데 아무도 그 악기를 연주할 수가 없습니다. 그러니 그것이 무슨 소용이 있겠습니까? 그것은, 그러한 악기는 부서져야 합니다.

종종 나는 두렵습니다. 그러나 미친 것은 아닙니다. 미쳤다면 어떻게 나를 아프게 한 것이 무엇인지를 잘 알 수 있겠습니까? 아아, 나는 그 영광스러운 여인과 함께 살았던 그때가 어떠했는지 아직도 잘 기억하고 있습니다. 그녀는 나에게 부족했던 모든 것을, 그러니까 빛과 즐거움과 힘을 가지고 있었습니다. 그러나 내가 그녀를 사랑한 것만큼 깊이, 그녀가 나를 사랑한 것만큼 열렬히 우리는 서로에게 이방인이었습니다. 그것이 나를 떠나게 했습니다. 그것이 내가 당신 루친데로부터 달아난 이유입니다. 그것이 다른 친구들과는 달리 특별하며 진실한 사랑하는 친구인 율리우스 당신이 나를 구할 수 없었던 이유입니다.

나중에는 모든 것이 완전히 달라졌습니다. 나는 나와 같은 사람을 만나서 매우 깜짝 놀랐습니다.─왜 나는 내가 행복하다는 것을 감추지 못했을까요?─

나는 당연한 대가를 받았습니다. 나는 그 비밀을 드러내지 말아야 했습니다. 나는 밤의 환희를 가장 어두운 밤 속에 조심스럽게 숨겨야 했습니다. 그것들은 날이 밝자 낮 동안 시들었습니다. 그것들은 낮을 견뎌낼 수 없었습니다.

오, 나는 그것들에 대해 상당히 많은 말을 할 수 있습니다. 그러나 그것들은 이미 오랫동안 나를 기다려왔기 때문에 지금은 더 이상 말할 시간이 없습니다. 마리아가 죽고 난 후에 나는 당신들 두 사람에 대해 더 이상 생각하지 않게 되었습니다. 나는 비로소 곰곰이 생각해보았습니다. 당신들은 그것을 용서해야 합니다. 나 또한 내가 용서할 수 있는 것을 용서하겠습니다.

잘 있어요, 율리우스. 이것은 당신의 친구가 보내는 마지막 말입니다. 잘 있어요, 당신들 두 사람, 당신들은 아이와 함께 그 노래를 찾게 될 것입니다. 내가 그것을 감추어두었습니다.

율리아네

나는 조용히 있고 싶지만 말해야 합니다. 나의 심장은 할 말로 가득 차 있지만 무슨 말을 해야 하는지 나는 알지 못합니다. 듣고자 하는 사람이 어디에 있는지 안다면 얼마나 좋을까요?─나는 불만스럽게 생각하는 것처럼 보이지만 감사한 마음을 갖고 있습니다. 당신은 내 말을 듣게 되겠지만, 아무도 심지어 당신까지도 나의 고통에 대해서는 들으려 하지 않을 것입니다. 그런데 왜 누군가 그것을 들어야 하나요? 말로 표현될 수 있는 것은 더 이상 언급할 가치가 없습니다. 나는 그것을 느끼고 봅니다. 그런데 무엇인가가 내가 그것을 말하도록 강요합니다. 모든 관계를 끊었지만 근원적인 관계는 너무나 실제적이라는 것을 내 마음이 알고 있습니다.

당신은 착한 사람입니다. 당신은 루친데입니다. 당신은 바로 빛이며 사랑입니다. 당신이 나와 비슷하게 느끼고 나의 가장 내밀한 생각들을 아주 잘 알고 있어서 나는 종종 깜짝 놀랍니다! 당신이 남자들에 대해서는 나와 다른 생각을 하고 있지만,

그것이 내가 신경 쓸 정도는 아니라는 것을 잘 알고 있습니다. 당신은 용기 있고 생기발랄한 사람이며, 아직 나에게 유일하게 특별한 사람입니다. 오, 내가 당신에게 아이들을 주고 젊어서 죽었더라면! 그러나 그렇게 되지 않았습니다. 나의 가장 위대한 사랑은 너무나 늦게 찾아왔습니다.

내가 아이들에 대해 말하기를 원한다고 생각하나요?―아, 아닙니다, 그럴 수만 있다면 좋겠지만 나는 그럴 수 없습니다. 그것은 끝났습니다. 나는 더 이상 울고 싶지 않습니다. 아이들은 나의 눈물을 이미 무덤 속으로 함께 데려갔습니다. 나의 어린 딸이 쉬고 있는 곳, 나의 아들이 웃으며 내게 손을 내미는 그 무덤 속에 나의 눈물이 있습니다. 나는 말을 잊고 아무런 즐거움도 없이 살고 있습니다.

오, 나는 언제나 대중들 중에서 두각을 나타내는 영예로운 인물들을 지켜보았습니다. 그들이 서둘러 하고 있는 일은 무엇일까요? 그들은 모두 서둘러 자신과 다른 사람들을 파괴하고 있습니다. 그렇습니다. 인간이 내면의 자신을 흥분시키고 자신에 대해 분노하기 시작한다면, 그것은 성숙해지고 분별력을 얻었다는 신호이며, 강하게 잘 자라고 있다는 의미입니다. 개인과 마찬가지로 세대도 모두 다 그렇습니다. 그리고 언제라도 세상이 마음을 가라앉히기 시작하는 시점에 도달하게 된다면 그것은 달라질까요? 자신을 때리려고 손을 드는 사람은 자유롭습니다. 때가 되어 자기를 파괴하는 것은 인간의 운명입니다! 보십시오, 그것은 세상과 인생의 이야기입니다. 당신들은 그것을 칠하고 만들 수 있으며, 그것을 꾸미고 윤이 나게 닦을 수 있지만, 그것은 언제나 있는 그대로의 모습으로 두어야 합니다. 현재의 모습이 과거의 모습이고 미래의 모습이어야 합니다. (당신들이 예술 궁전을 짓는다고 하더라도 나는 기꺼이 간소하고 작은 나의 오두막집에 머무르려 합니다.) 사람들은 많은 준비를 하고 땅에 씨를 뿌립니다. 어린 싹은 자신의 작은 공간을 얻기 위해 온 힘을 다하고 드디어 밖으로 고개를 내밉니다. 곧 해가 나고 비도 내리고 봄기운이 살랑살랑 돌아다닙니다. 어린 식물은 전신이 골고루 잘 자라나고 점점 더 아름다워집니다. 모든 것은 적절하게 천천히 잘 진행됩니다. 그것을 바라보는 모든 사람들은 기쁨을 느낍니다. 그리고 꽃이 핍니다. 잠시 동안 식물은 전체가 환하게 빛을 발합니다. 그리고 곧 시듭니다.―자, 꽃의 운명은 꽃이 피는 것일까요, 시드는 것일까요?―나는 인간이 피어 있는 상태의 꽃을 편애한다고 주장하는 바입니다. 인간은 기분 좋은 향기에 유혹당합니다. 그러나 시든 꽃에는 더 많은 진실이 있습니다. 꽃은 피기 위해, 그리고 시들기 위해 존재하고, 열매는 떨어져야 합니다. 눈은 반짝이기 위해, 그리고 울기 위해 존재합니다. 그러면 심장은? 심장은 뛰어야 합니다.―처음에는 조용히 뛰고, 그러다가 빠르게 (더욱 빠르게) 뛰고, 그러다가 다시 느려지고 결국 피를 흘리며 죽습니다. 모든 심장은 당연히 가야 할 그 길을 갑니다. 왜냐하면 모두 자신의 숙명을 따라야 하기 때문입니다. 심장은 운명에 가장 잘 순응하는 최고의 존재입니다. 나는 그러한 의미에서 살고 있습니다. 그리고 또한 아이들과 더불어 그렇게 살았습니다. 내가 이 말을 하는 이유는 아이들이 아직 살아 있다면 내 입장이 달라질 것이라고 당신이 생각할 것임을 염려하기 때문입니다. 봄에 종종 어린 식물들이 모두 어떻게 애타게 고개를 내미는지 바라보다가 다시 나를 생각할 때면 진심으로 연민의 감정이 엄습합니다. 아마도 모든 만물의 무한한 어머니도 자신이 원하는 대로 자식들이 따라준다면 그것을 좋아하겠지요. 그녀도 바로 인간적인 어머니인 우리와 똑같이 자식들은 따르고 순종해야 한다고 생각하는 어머니입니다. 그러나 자신은 자신의 숙명을 이행하고 있을 뿐 그 이상은 아니라는 것을 알고 있는 사람이 훨씬 더 나은 사람입니다. 위대한 어머니는 아마도 그렇게 생각하는 것을 좋아하지 않을 것입니다. 그러나 위대한 어머니가 원하지 않는다고 하더라도 나는 그렇게 할 것입니다.

그것에 대해서는 또한 불평할 것이 전혀 없습니다. 당연히 그렇게 되어야 합니다. 그리고 그렇게 되어야 하는 것이 바로 인간의 훌륭한 점입니다. 다른 것들은 자신에게로 돌아갈 수 없습니다. 그것들은 무력한 상태로 그곳에 있습니다. 그것들은 서로 마주 보고 있을 수 없지만, 또한 홀로 있을 수도 없습니다. 인간은 그에 비하면 얼마나 다른가요? 인간은 자신을 들여다보며 풍요의 끝을 찾지 못합니다. 인간은 언제나 자기 자신에게만 관심을 가질 수 있으며, 언제나 새로운 일거리를 찾아냅니다. 인간은 혼자 놀며 자신을 자양분으로 하여 살아갑니다. 그러니까 자신을 먹고 살아가며, 결국 자신이 완전히 소진

될 때까지 자신을 먹습니다. 하지만 인간이 자기 자신을 먹어 소진시키는 것 외에 혼자서 자신을 대상으로 무슨 일을 할 수 있을까요?──무엇인가를 소망하는 모든 사람이 그것을 원하고 있습니다. 그리고 아직은 아무도 다른 어떤 것을 원하지 않았습니다. 바로 모든 동물들이 신체가 성숙해지자마자 자신이 타고난 종의 특성에 이끌리듯이, 인간은 본능에 의해 자신의 내면 깊은 곳으로 들어갑니다. 그곳에서 인간은 틀림없이 떨어져 망가질 것입니다. 어떤 사람은 강력한 힘에 의해 추락할 수도 있고, 어떤 사람은 조용히 멋지게 떨어질 수도 있습니다. 그들이 어떻게 떨어지든 그것은 큰 문제가 아닙니다. 하지만 그들은 모두 확실히 떨어집니다. 그리고 인간다운 인간에게 자살 이외의 죽음은 없습니다.

　행복만을 추구하고 자신이 이미 진정한 고통을 모두 다 견뎌 왔다고 진심으로 주장하는 사람들을 나는 참으로 싫어합니다. 오, 당신들이 고통이 무엇인지 알았더라면, 당신들이 금단의 과일을 맛보았더라면, 진정한 영원의 불꽃이 당신들의 영혼에 깃든 적이 있었더라면, 당신들은 당신들 자신과 당신들의 행복과 기쁨을, 그리고 이런 사소한 것들을 지칭하는 다른 모든 말들을 정말로 심하게 경멸할 것입니다!──하지만 그런 인간은 아직 젊을 때 자신들도 사랑을 해야 하고 영감을 받아야 한다고 생각합니다. 그리고 자신들이 영원에 대한 것과 무한에 대한 것을 들어 알고 있으며, 그것들이 대단히 멋지다고 생각합니다. 그런데 젊음의 시간은 곧 지나갑니다. 그리고 그들은 자기들 주위에 울타리를 친 행복한 제한에 대한 작은 그림을 그리고 웃음 지으며 자기만족에 빠진 자신들이 다른 모든 사람들 위에 올라설 때 스스로 놀라울 정도로 똑똑하다고 생각합니다. 은도금된 삶을 살고 있는 그들은 다른 사람들의 이해할 수 없는 고통에 대해 어렴풋한 생각조차 전혀 하지 않았습니다. 이러한 잘난 사람들은 확실히 제한되어 있습니다. 그러나 그들은 자신들의 역사를 잘못 이해한 것입니다. 그들에게 무슨 일이 일어났는지 내가 더 잘 알고 있습니다. 그들은 그렇게 되기를 원하고 반대의 가능성을 자발적으로 포기했기 때문에 제한된 것이 아닙니다. 그들은 현재에도 제한되어 있고, 과거에도 늘 제한되어 있었기 때문에 제한된 것입니다. 그리고 나는 그들이 아마 앞으로도 늘 제한될 것이라고 생각합니다.—또한 그들은 아마도 행복하겠지만, 나는 그들을 부러워하지 않습니다.

오, 고통을 두려워하고 의식이 무엇인지 모르는 불쌍한 사람들 같으니!

그러나 제일 잘난 사람들도 자신을 위해서 진실의 이미지를 만듭니다. 행복과 삶이 중요한 것은 아니라는 사실을 파악할 때 그들은 상황을 뒤집어보고 죽음을 미화시킵니다. 그리고 죽음에 빠져들어 모든 것을 죽음과 결부시킵니다. 그러나 그것은 옛 오류의 그림자를 가지고 노는 일에 불과한 것이 아니면 무엇이겠습니까?

오, 아닙니다. 나는 자신을 속이지 않습니다. 나는 죽는다는 것은 무서운 일이며 죽음은 아름답지 않다는 것을 알고 있습니다. 당신들의 멋진 비유와 동화를 가지고 나에게서 떨어지십시오! 그것들은 그저 말일 뿐입니다. 모든 사람들은 할 수 있는 한 버팀니다. 추측, 가정, 비유에서 비롯되는 추론, 예감의 안개 등은 나에게 무슨 의미가 있을까요? 당신들은 당신들의 명칭을 지키십시오. 그것들은 나의 명료한 느낌을 방해할 뿐입니다. 또는 내가 말해야 한다면, 나는 우선 가장 사용하기 쉽고 가장 유치한 언어를 고를 것입니다. 각자는 자신을 잃을 수도 있다는 것을 알고 있습니다만, 결코 밝은 눈으로 자신의 가슴을 바라본 적이 없습니다.

나는 내가 나 자신을 파괴하고 있다는 것을 알고 있습니다. 그리고 나는 영원한 고통과 영원한 사랑이 충만한 가운데 나 자신을 먹어 소진시키는 것 외에는 아무것도 원하는 것이 없습니다.

나는 나 자신에 대해 말하려 합니다. 그 이유가 모든 것을 나 자신과 나의 고통에 연관시키고 있다는 것을 부정해야 하기 때문일까요? 그것은 모든 사람들이 아무리 멀리 돌아다니려고 부단히 노력하더라도 결국에는 도피하여 자신에게로 돌아가야 하기 때문입니다! 이기심이 깊이 뿌리박혀 있는 진기한 종인 인간이 그렇습니다. 그리고 내가 말을 할 수만 있다면, 오, 그러면 정말 좋을 텐데!—

내가 자신의 운명을 특별하다고 생각하는 그런 사람일까요? 아, 아닙니다. 나는 나 자신을 쉽게 받아들이지 못합니다. 상황은 마치 제법 특별한 어떤 것을 의도했던 것처럼 충분히 이상했습니다만, 그러나 무슨 일이 일어났지요?—나는 결혼했으며 내 아이들의 아버지를 사랑할 수 없었습니다. 자, 그것은 정말로 드문 일이 아닙니다.─오, 그리고 여기서 어쩌면 나는 자신을 칭찬해도 될 것 같습니다. 나는 가능한 모든 일을 했습니다. 그는 행복했으며, 나는 곧 눈물을 숨기는 법을 알았습니다. 그리고 오래지 않아서 나는 눈물이 말라버렸음을 느꼈습니다. 그것은 내가 나로 지내는 동안 나와 함께할 새로운 삶에서 처음으로 느낀 충격이었습니다.─이제 나는 죽음을 갈망하고 있었는데, 똑같은 크기의 또 다른 갈망이 나의 죽음을 가로막았습니다.─나는 나 자신에 대해 분명해지기를 원했습니다. 가슴에 가득 찬 이러한 생각들의 모든 요점은 제정신을 요구했습니다. 그리고 고통의 대가로 이러한 제정신을 가질 수만 있다면 어떤 고통이 나에게 소중하지 않았을까요? 남자들이 이야기할 때 나는 그것을 기꺼이 들으며, 그들이 요구하는 모든 세세한 것들을 기꺼이 모두 따릅니다. 모든 것이 나에게는 의미가 있습니다. 그것은 아마도 다른 종류의 의미이겠지만 나와 나의 사고방식에 맞는 의미입니다. 그런데도 불구하고 나는 그 안에 없는 어떤 것을 알고 있습니다.─당신은 그것을 이상하다고 생각하고 웃을 것입니다. 내 말의 의미를 다른 사람들이 이해하지 못한다고 하더라도, 내 안에는 그러한 말과 대화에 의해 생겨나고 움직이는 어떤 것이 있습니다. 내가 보지 않은 곳은 어디인가요? 그리고 내가 찾은 것은 얼마나 미미한가요? 사람들 곁과 자연에, 글과 이야기에, 대화와 고독한 생각 속에 있는 모든 것은 단 하나의 관계만을 가지고 있었습니다.

옮긴이 해설

소설 이론을 실천한 소설

1. 프리드리히 슐레겔과 낭만주의 소설의 미학*

1) 점진적인 보편문학

프리드리히 슐레겔은 초기 낭만주의 그룹 중 낭만주의 이론을 주도적으로 전개해나가고 체계화한 가장 중요한 이론가이자 작가이다. 그는 프랑스 혁명으로 시작된 변혁의 시기에 문학에서도 새로운 변혁의 과정이 필요하다는 점을 인식하고 미학적 혁명을 통한 새로운 문학운동을 역설했다.

그는 일찍이 스물세 살 때인 1795년에 작성하여 1797년에 발표한 「그리스 문학 연구에 대해서Über das Studium der griechischen Poesie」라는 논문에서 그리스 문학과 근대문학을 대비시켜 고찰

---

* 이 부분은 옮긴이 본인의 다음 논문을 바탕으로 하여 구성한 것이다. 박상화, 「F. Schlegel의 小說理論과 낭만적 小說 「Lucinde」 硏究」, 서강대학교 석사학위 논문, 1986.

한 후에 "미학적 혁명을 위한 시기가 성숙되어 있다"*고 주장했다. 그리고 1800년에 잡지 『아테네움*Athenäum*』에 발표한 「문학에 대한 대화Gespräch über die Poesie」에서는 "신화를 만들기 위해 진지하게 협력해야 할 시기가 왔다"**고 주장했다. 두 저술에서 나타나고 있는 두 '시기Zeit'는 사실상 동일한 시기로서 슐레겔이 꿈꾸던 낭만주의 문학이 나타나야 할 시기를 의미한다. 그러니까 슐레겔이 생각하는 낭만주의 문학은 혁명적인 문학이어야 하며, 새로운 신화와도 같은 문학이어야 한다.

이러한 낭만주의 문학에 대한 슐레겔의 생각은 「아테네움 단장Athenäum Fragmente」 116번에 잘 요약되어 있다. 다음은 그것의 앞부분이다.

낭만주의 문학은 점진적인 보편문학이다. 이러한 규정은 모든 문학적 갈래들을 일치시키고, 철학 및 수사학과 관련지을 뿐만 아니라, 시와 산문, 독창성과 비평, 예술문학과 자연문학을 섞고 용해시켜 문학을 생기 있고 친근하게 만들어, 인생과 사회를 시화詩化하고 재치를 시화하며, 예술 형식들을 다양한 구성 요소로 가득 채워 충만케 하고, 유머의 힘으로 생기를 불어넣으려는 의도와 당위를 지니고 있다. 낭만주의는 시적인 모든 것을 포괄하여, 자체 내에 보다 많은 체제들을 내포하는

---

* Friedrich Schlegel, Hrsg. von Ernst Behler, *Über das Studium der griechischen Poesie*(München·Wien·Zürich: 1982), S. 286.

** Friedrich Schlegel, Hrsg. von Hans Eichner, *Gespräch über die Poesie*(Stuttgart: 1968), S. 312. (이 책은 이후 G.P.로 표시함)

커다란 예술 형식으로부터 시를 짓는 아이가 소박한 노래에서 내뿜는 탄식과 입맞춤에 이르기까지 받아들인다.*

이 글에서 슐레겔은 낭만주의 문학을 "점진적인 보편문학 progressive Universalpoesie"으로 규정하면서 그 의미를 철학, 수사학, 시, 산문, 독창성, 비평, 예술문학, 자연문학 등을 모두 포괄하는 "다양한 구성 요소"를 섞고 용해시켜 세계를 시화하는 것이라고 주장한다. 그러면서 그러한 정신을 "온전히 표현할 수 있는 형식은 없다"고 말한다. 다시 말하자면 기존의 문학 형식으로는 이러한 낭만 정신을 수용할 수 없다고 본 것이다.

그는 낭만적인 정신을 담을 수 있는 새로운 문학 형식으로 장편소설roman을 선택했다. 이러한 그의 생각은 「문학에 대한 대화」에서 "소설은 하나의 낭만적인 서적"**이라는 선언으로 나타난다. 소설은 이제 당시까지의 장르 개념으로서의 소설이 아니라 낭만적인 문학 그 자체여야 한다. 다시 말하자면 소설은 "점진적인 보편문학"이어야 하며, 그 규정을 따라야 한다. 그러므로 소설은 다양한 구성 요소를 섞고 용해시키는 '장르 국한'이 없어야 한다. 그리고 장르의 한계를 초월한 낭만주의 서적으로서의 소설은 이제 모든 방면으로 개방되어야 한다. 이에 대해 슐레겔은 매우 일관성 있게 다음과 같이 주장했다.

---

* Friedrich Schlegel, Hrsg. von Wolfdietrich Rasch, "Athenäums-Fragmente", *Friedrich Schlegel: Schriften zur Literatur*(München: 1972), S. 37.

** G.P., S. 335.

소설이 하나의 특별한 장르가 되려고 하는 한 소설을 싫어한다는 사실과 이유를 당신이 분명히 이해했으리라고 나는 생각합니다. [……] 물론 나는 소설이라는 것을 이야기와 노래와 기타의 모든 형식이 혼합된 것으로밖에는 생각할 수 없습니다.*

'점진적인 보편문학'의 또 다른 특징은 완성되지 않는다는 것이다. '점진적'이라는 말은 '생성 중에 있음'을 의미하기 때문에 낭만주의 문학은 결코 끝날 수 없으며, 영원히 형성 중이라는 것이 또한 낭만주의 문학의 본질이다.

2) 낭만적 반어

낭만적 반어는 슐레겔이 처음으로 사용한 말이다. 점진적인 보편문학이 낭만주의 문학의 본질을 표현하는 것이라면, 낭만적 반어는 미학적 원리를 담당하는 것으로 볼 수 있다. 그런데 슐레겔은 이 용어를 매우 추상적이고 우의적이며 역설적인 언어를 사용하여 표현하고 있기 때문에 그 개념을 정확히 규정하기는 매우 어렵다.

슐레겔은 먼저 소크라테스적 반어에 대한 분석을 통하여 반어의 개념을 설명했다. 다음은 「비평적 단장Kritische Fragmente」 108번의 일부이다.

* G.P., S. 335~336.

소크라테스적 반어는 전적으로 무의식적이면서 또한 철저하게 사려 깊은 위장이다. [……] 거기에서는 모든 것이 익살이며 동시에 진지한 것이어야 하고, 모든 것이 진정으로 공개되어 있으면서 동시에 깊이 감추어져 있다. [……] 그것은 무조건적인 것과 조건적인 것, 완전한 전달의 불가능성과 불가피성 사이의 해소할 길 없는 모순의 감정을 내포하기도 하고 불러일으키기도 한다.*

여기에서 반어는 "무의식적인"과 "사려 깊은" "익살"과 "진지한 것" "공개된"과 "감추어진" 등 대립적인 두 의미를 모두 포함하는 것으로 나타난다. 이것은 또한 "무조건적인 것"과 "조건적인 것", 완전한 전달의 "불가능성"과 "불가피성" 등 서로 대립적인 요소들과 관련이 있다. 따라서 소크라테스적인 반어는 변증법적인 대립의 성격을 지니게 된다. 그리고 변증법적인 대립은 극복되어야 한다. 문학예술의 숙명인 완전한 전달의 불가능성과 불가피성 사이의 모순의 감정도 극복되어야 한다. 이를 위해서는 의미의 반전을 통한 변증법적인 합일로 나아가야 하며, 그것이 바로 예술적 차원의 해결 방식이 된다.

낭만주의 예술은 무한한 동경의 세계 이외의 모든 것을 유한한 것으로 보고, 이를 무한히 넘어서고자 한다. 슐레겔은 낭만

* Friedrich Schlegel, Hrsg. von Wolfdietrich Rasch, "Kritische-Fragmente", *Friedrich Schlegel: Schriften zur Literatur*(München: 1972), 21. (이후 이 책은 K.F.로 표시함.)

주의 예술가가 취해야 할 태도에 대해 다음과 같이 말했다.

하나의 대상을 잘 기술하기 위해서는 우리는 더 이상 그것에 흥미를 갖지 말아야 한다. [……] 예술가가 상상하고 열광하고 있는 한 그는 적어도 전달에서 부자유스러운 상태에 있는 것이다. 그는 [……] 모든 것을 다 말하고자 한다. 그럼으로써 그는 자기 억제의 가치와 품위를 망각하게 되는데, 이 자기 억제야말로 인간들에게도 예술가에게도 [……] 가장 필연적인 것이며 동시에 가장 최상의 것이다. [……] 가장 최상의 것이라고 하는 이유는 우리가 자기 창조와 자기 부정의 무한한 능력을 갖는 지점, 그곳에서만 우리는 스스로를 억제할 수 있기 때문이다.*

이 글에 따르면 예술가는 묘사의 대상으로부터 자유로워야 한다. 슐레겔은 예술가가 자유로워지기 위해 이처럼 대상으로부터 거리를 두는 것을 '자기 억제'라는 용어로 설명하고 있다. 여기서 자기 억제는 반어 개념의 변증법적인 두 계기인 자기 창조와 자기 부정이 끊임없이 반복되는 운동적인 성격을 갖는다. 그리고 자기 억제는 단순한 억제가 아니라 성찰을 통해서 보다 나은 세계를 향해 나아가는 진보의 성격을 띤다. 이러한 모습이 바로 낭만적 반어의 모습이며 점진적인 보편문학인 낭만주의 문학관이다.

---

* K.F., S. 10~11.

3) 아라베스크와 알레고리

모든 장르가 섞여 있는 것을 슐레겔은 아라베스크arabeske의 특징으로 본다. 그에 따르면 아라베스크는 고백을 바탕으로 하는 소설의 특징이다. 왜냐하면 고백은 규정된 형식이 없기 때문이다. 그리고 고백과 아라베스크는 낭만주의 문학의 특징이다. 그는 「문학에 대한 대화」에서 다음과 같이 주장했다.

> [……] 이러한 아라베스크는 고백과 더불어 우리 시대의 유일한 낭만적인 자연 산물입니다.*

기존의 고정된 형식에서 탈피한 아라베스크는 이제 무형식, 무의식의 문학인 자연문학으로 나아가며, 이러한 문학은 혼돈 속에 놓이게 된다. 그리고 혼돈 속에서 혼돈의 미를 갖는다. 슐레겔은 혼돈의 미야말로 최고의 아름다움이며 최고의 질서라고 주장한다. 아라베스크가 혼돈의 미를 갖도록 만드는 미학적 장치가 바로 알레고리이다. 소설가는 백과사전적인 다양한 지식들을 '은폐된 자기 고백verhüllte Selbstbekenntniss'으로 표현해야 한다고 슐레겔은 생각한다. 그리고 '은폐된 자기 고백'이란 '감상적인 소재를 환상적인 형식으로 서술하는 것'이며, 환상은 '수수께끼 같은 것'이 되어야 한다고 생각한다.

> [……] 이 수수께끼 같은 것이야말로 모든 문학의 서술 형

---

* G.P., S. 337.

식에서 환상적인 것의 원천입니다.*

「문학에 대한 대화」에서 슐레겔은 또한 전체성을 강조한다. 혼돈의 미와 환상적인 표현 속에 나타난 모든 소재들은 전체적인 의미에서 통일된 조화로움과 합일된 정신이 깃들어 있어야 한다. 여기에 알레고리와 아라베스크의 연계점이 있다. 다양한 모든 것을 포함하여 환상적으로 표현하는 것을 아라베스크라고 한다면, 다양한 모든 요소들을 기호화하고 수단화하여 아라베스크에 조화로움과 전체성으로 나아가는 힘을 부여하는 것은 알레고리의 기능이다. 이러한 알레고리에 의해서 보편문학으로서의 낭만주의 문학도 표현이 가능해진다.

2. 소설의 구조

1) 서문

슐레겔은 「비평적 단장」 8번에서 "훌륭한 서문은 그 책의 뿌리여야 한다"**고 말하는데, 『루친데』의 서문에도 이 소설이 낭만주의 소설로서 가야 할 방향이 간략하게 요약되어 나타난다. 서문은 세 부분으로 나누어 볼 수 있다.

---

* G.P., S. 334.

** K.F., S. 7.

페트라르카가 두근거리는 가슴을 안고 미소를 지으면서 자신이 쓴 불후의 연애 시집을 살펴보고 소개합니다. 영리한 보카치오는 자신이 쓴 호화로운 책의 서두와 말미에서 모든 숙녀에게 겸손하고 감미롭게 말을 겁니다. 그리고 숭고한 세르반테스까지도 육신은 늙고 고통 속에 빠져 있음에도 불구하고 여전히 친근하며 부드러운 재치로 가득 차 있습니다. 그는 활기가 넘치는 작품의 다채로운 구경거리를 그 자체가 이미 하나의 아름다운 낭만적인 그림인 서문序文의 귀중한 태피스트리로 장식합니다. (9~10쪽)

윗글은 서문의 첫번째 부분이다. 여기에 등장하는 세 인물은 「문학에 대한 대화」에서 낭만적 정신을 지닌 훌륭한 예술가로 극찬되는 인물들이다. 이 중 페트라르카와 보카치오는 이탈리아인으로서 낭만주의 정신의 출현이 이탈리아였으며 시기적으로는 중세기였음을 알려준다. 슐레겔은 아라베스크라는 용어를 이탈리아 중세기 미술에서 차용하여 사용했다. 17세기 인물인 세르반테스의 이야기는 낭만적 정신의 계승 및 발전을 말하는 것이다. "재치" "그림" "다채로운" 등의 단어는 바로 낭만적 정신의 근본적인 개념을 갖고 있는 말들이다.

찬란한 식물이 풍요로운 모성母性의 대지를 뚫고 올라온다면, 구두쇠에게는 불필요할 수도 있는 많은 것들이 그 식물에 사랑스럽게 열릴 것입니다. (10쪽)

두번째 부분인 이 글에서는 식물을 찬양한다. 슐레겔의 낭만주의는 동물과 식물 중에서 식물을 선택한다. 움직이는 동물과 비교할 때 움직이지 않는 식물이 갖는 이미지는 수동성이다. 슐레겔은 수동성을 평온함과 연결하고, 평온함을 잠과 게으름에까지 확대하여 찬양한다.

오, 게으름이여, 게으름이여! 그대는 순수와 감동으로 이루어진 생명의 공기로구나! 복된 자는 그대를 호흡하며, 그대를 소유하고 보호하는 자는 복이 있도다. 그대 신성한 보석이여! 낙원에서 우리에게 내려와 남아 있는, 신을 닮은 유일한 파편이여. (52쪽)

이에 따라 노력과 진보, 근면과 유용성을 배척하며 일만 하는 프로메테우스를 교육과 계몽주의를 만들어낸 자로 보고 비웃는다. 반면에 하루 저녁에 50명의 처녀와 잠자리를 함께하는 헤라클레스를 찬양한다.

인류를 구원하기 위해서 하룻밤에 50명의 처녀를, 그것도 아주 영웅적인 처녀들을 상대할 수 있었던 우리의 친구인 헤라클레스는 이 점에서 훨씬 더 합리적이었습니다. 또한 그도 일을 했으며 많은 사나운 괴물들을 목 졸라 죽였지만 인생의 목표는 언제나 품위 있게 놀고먹는 것이었으며, 그래서 올림포스산에도 들어갈 수 있었던 것입니다. (59~60쪽)

여기서 헤라클레스의 행위는 일을 하거나 영리를 추구하지 않고도 풍요로운 열매를 맺을 수 있는 식물의 속성과 유사하다. 그래서 그의 행위는 인류의 구원과 종족 번식을 위한 신의 행위가 된다. 슐레겔은 이러한 표현을 통해서 영리에 매달린 인간을 자연과 화해시키고 재결합시키려 하는 것이다. 이러한 입장에서 보면 대지는 식물성을 따르는 인간이 살아가야 하는 유토피아가 된다.

세번째 부분이자 마지막 부분은 "사랑의 재능은 풍부하나 문학적 재능은 부족한 내 정신의 아들에게 무엇을 주어야 합니까?"라는 질문으로 시작된다. 여기서 정신의 아들이란 정신 활동의 소산인 예술작품으로 볼 수 있다. 더 구체적으로 말하자면 낭만주의 소설로 볼 수도 있다. 그러니까 이 질문은 "낭만주의 소설은 어떻게 써야 하는가?"라는 질문이 된다.

작별에 즈음하여 단지 한마디의 말을, 오직 하나의 비유를 건넵니다. 위풍당당한 독수리만 까마귀의 울음소리를 무시할 수 있는 것은 아니다. 백조 또한 자부심이 강해서 그러한 소리를 듣지 않는다. 백조는 하얀 날개의 광택을 깨끗하게 유지하는 것 이외에는 아무것도 상관하지 않는다. 백조는 다만 무사히 레다의 품에 안기어 덧없이 죽어야 할 모든 것을 노래에 담아 발산하는 것만을 생각한다. (10쪽)

대답은 하나의 신화로 이루어진 하나의 비유이다. 신화 속에서 제우스는 백조로 변신하여 레다와 사랑을 나눈다. 그리고 남녀 간의 사랑을 다룬 이 소설에서 제우스와 레다는 율리우스와 루친데로 대체된다. 따라서 이 소설은 또한 현대적 신화가 된다. 이로써 소설은 현대적 신화가 되어야 한다는 슐레겔의 문학 이론은 다시 소설로 재구성되며, 신화 자체인 이 소설의 서술 방향은 제우스이자 예술가로 볼 수 있는 백조의 태도로 나타난다. 여인의 품속에서 노래를 부르는 백조의 모습에서 낭만주의 정신의 감상적 요소인 사랑을 '환상적인 것으로 표현한다'는 낭만주의 문학의 자세가 설명된다.

2) 본문

이 소설을 구조적으로 살펴보면 여러 가지 장르, 내용, 형식이 혼합되어 있다. 그래서 전통 소설의 외적인 요소가 완전히 무시된 비서사적 구조를 갖는다. 그 이유는 슐레겔이 당시에 몰두하고 있던 낭만주의 소설의 형식이 법칙이 없이 모든 것을 포괄하는 보편문학이었기 때문이다. 이로써 슐레겔은 아라베스크 구조를 통해서 혼돈의 미를 추구하는 낭만주의 소설 미학의 정신을 구현하고 있는 것이다.

총 13개의 장 중 일곱번째 장인 「남성 수업 시대」는 불확실하고 동경에 가득 찬 젊은이가 사랑을 통해서 인간적으로 성숙해지고 예술적으로 발전해나가는 과정을 그린 성장소설의 형식을 띤다. 이 장을 앞의 여섯 장과 뒤의 여섯 장이 둘러싸고 있다. 이러한 대칭적인 구조 때문에 의도적으로 체계적인 구성을 했다고 볼 수도 있으나, 전체를 구성하는 13개의 장이 시간적으로나 인과관계로 볼 때 서로 연결 고리가 미약하고 다양한 형식들이 혼재되어 있다는 점에서 혼돈을 의도한 것으로 이해할 수 있다.

제목에서 편지임을 드러내는 장은 1장, 9장, 11장 등 세 장이다.* 그중에서 1장과 9장은 율리우스가 루친데에게 보내는 편지이고, 11장은 율리우스가 안토니오에게 보내는 편지이다. 2장, 3장, 4장, 5장, 10장 등 다섯 장은 특별한 주제를 논하는 에세이로 볼 수도 있으나 율리우스가 루친데에게 보내는 편지의 연장선상에 있는 글들이다. 8장 「변모」와 13장 「상상의 희롱」은 따로 떼어놓고 보면 화자가 누구인지도 불분명하나, 이 책의 부제가 "미숙한 자의 고백"이므로 이 책을 고백론으로 보아달라는 작가의 취지를 감안하면 이 장들도 편지로 볼 여지가 생긴다. 그리고 대화 형식의 6장과 12장이 있다.

이처럼 13개의 장은 서로 독립적이며 인과관계가 약하다. 그러나 앞 장에서 다음 장에 대한 서술 예고를 하여 서술의 순서를 알 수 있게도 한다.

그래서 나는 무엇보다도 가장 아름다운 상황에 대한 열광적인 상상을 선택합니다. 왜냐하면 우리가 가장 아름다운 세계에 살고 있다는 사실을 이제야 비로소 확실히 알았기 때문입니다. 덧붙여 말하자면, 다른 사람을 통해서나 또는 우리 스스로 가장 아름다운 세계의 가장 아름다운 상황에 대해서 철저하게 배우려는 욕구가 논란의 여지 없이 확실히 존재합니다. (17~18쪽)

---

* 본래 이 소설에 장의 번호는 없으나 편의상 번호를 붙인 것이다.

1장의 말미에 있는 이 부분은 2장인 「가장 아름다운 상황에 대한 디티람보스적 상상」을 예고한다. 이러한 장치는 3장까지 계속된다. 그리고 7장에서도 8장의 내용을 예고한다. 서술의 순서는 독서의 순서이기도 하다. 그래서 서로 연결 고리가 있는 것처럼 보이는 장들이 있기는 하지만, 이 장들은 이야기가 있는 서사가 아니기 때문에 큰 틀에서는 각 장들이 독립성을 유지하고 있는 것으로 보아야 한다.

3. 메타픽션과 알레고리

1) 메타픽션

20세기 후반에 메타픽션metafiction이라는 특이한 소설 장르가 등장했다. 이 용어에 대한 정의는 영국인 교수 퍼트리샤 워 Patricia Waugh가 『메타픽션』이라는 책에서 내린 것이 가장 널리 알려졌으며 인정받고 있다. 이 책에는 "자의식적 소설의 이론과 실제"라는 부제가 붙어 있다. 이러한 사실은 퍼트리샤 워가 메타픽션을 자의식적 소설selfconscious fiction과 동일한 것으로 보고 있음을 말해준다. 자의식적 소설이란 소설이 소설 자신에 대해 관심을 갖고 관찰하고 반성하는 자의식적 행위를 드러내는 소설을 말한다. 퍼트리샤 워는 이러한 소설 쓰기가 "언어, 문학 형식, 창작 행위에 대한 극도의 자의식"*에 기인하는

---

* Patricia Waugh, *Metafiction — The theory and practice of selfconscious fiction*

것으로 설명한다. 이러한 자의식은 예술과 언어의 재현이 갖는 효력의 불안정성이나 픽션과 리얼리티 사이의 관계에 대한 불안감 등을 극복하기 위한 자의식이다. 그래서 메타픽션 작가들은 외부 세계를 비추던 거울로 소설의 내부를 비춘다. 이러한 상황을 종합해 퍼트리샤 워는 메타픽션에 대해 다음과 같이 정의한다.

메타픽션이라는 용어는 픽션과 리얼리티 사이의 관계에 의문을 표하기 위해서 인공물로서의 자신의 신분에 관심을 두는 소설 쓰기를 일컫는다.[*]

이러한 소설은 자신의 이야기가 현실이 아니라 픽션(허구)이라는 사실에 관심을 갖고 관찰할 뿐만 아니라, 그 사실을 독자들에게 폭로한다. 이때 작가는 독자들에게 직접 말을 하는 방식을 취한다. 그럼으로써 작품과 독자 사이의 경계가 허물어진다. 메타픽션은 소설의 이야기가 인위적인 가공물이라는 사실을 독자들에게 계속 상기시켜준다. 작가가 등장인물들과 만나고 자신의 작품에 대해 관여하는 장치들을 통해서 작가와 작품과 독자로 나뉘던 세계는 서로 뒤섞인다. 이러한 세계에서 독자는 작가의 권위에 영향을 받지 않으며 등장인물들의 이야기에 감정이입이 되지도 않고 대등한 입장에서 작가와 인물들을

(London · New York: 2003), p. 2.

[*] 앞의 책, p. 2.

만나게 된다.

2) 『루친데』의 메타픽션과 알레고리

현대에 나타나는 메타픽션 소설의 모습과 소설 『루친데』의 모습을 비교하면 다른 점이 많지만, 소설 자신에 대해 관심을 갖는 자의식적 소설을 메타픽션 소설이라고 포괄적인 정의를 내린다면, 이 소설은 분명히 메타픽션 소설이라고 해도 무방하다. 적어도 메타픽션의 정신을 선취하고 있다는 사실은 부인할 수 없다.

현대의 메타픽션 소설과 『루친데』의 모습이 다른 이유 중의 하나는 두 세기의 시차 때문이다. 다 같은 자의식적 소설이라고 하더라도 200년 정도 앞서 나타난 작품과 현대의 작품이 같을 수는 없기 때문이다. 그러나 가장 큰 이유는 슐레겔의 서술이 알레고리에 기반하고 있기 때문일 것이다. 슐레겔은 메타픽션 기법을 종종 알레고리로 표현했다.

다음은 『루친데』에서 주인공이자 1인칭 화자인 율리우스가 현재 진행 중인 소설에 대해 말하는 장면이다.

　　그리고 나의 삶을 담은 이 작은 소설이 그대에게는 너무 분방하게 보일지도 모르지만, 이것을 어린아이라고 생각하여 어머니와 같은 자애로운 마음으로 소설의 순진한 방종을 참아주시고 소설의 애무에 당신을 맡겨보십시오. (30쪽)

이 부분은 「어린 빌헬미네의 특성」 말미에 나오는 말이다.

여기서 "이 작은 소설"은 바로 『루친데』이며, 어린 빌헬미네와 같은 소설을 의미한다. 「어린 빌헬미네의 특성」에서는 어린 빌헬미네가 낭만주의 소설이 의인화된 모습으로 그려져 있다. 그러므로 어린 빌헬미네의 특성은 낭만주의 소설의 특징이기도 하다. 어린 빌헬미네에게서 이성적인 모습을 찾을 수는 없다. 그녀는 오직 감상적인 모습만을 가지고 있을 뿐이다. 그러한 모습이 바로 낭만적인 모습이다.

아이는 모든 아름다운 것과 더불어 특히 운율을 사랑합니다. 아이는 자신이 좋아하는 모든 이미지들을, 말하자면 작은 즐거움 중에서 고전적으로 선택한 이미지들을 종종 전혀 지치지 않고 끊임없이 반복해서 말하고 노래합니다. 포에지는 온갖 종류의 사물이 피어난 것을 가벼운 화환으로 엮습니다. 빌헬미네도 지역, 시기, 사건, 인물, 장난감, 음식 등 많은 말과 이미지를 모두 낭만적 혼돈 속에 뒤죽박죽 섞어서 이름을 붙이고 운을 맞춥니다. 그리고 그러한 일에는 부차적인 어떤 설명도 인위적인 어떤 전환도 없습니다. 그런 것들은 결국 이해력에만 도움이 될 뿐이며, 상상력의 모든 대담한 비상을 저해할 것입니다. 빌헬미네의 상상에는 모든 것이 본성 속에 생생하게 살아 있으며 영혼이 깃들어 있습니다. (28쪽)

여기서 빌헬미네는 "말과 이미지를 모두 낭만적 혼돈 속에 뒤죽박죽 섞어서 이름을 붙이고 운을 맞"추는 사람으로 나타난다. 개념을 의인화시켜 표현하는 것은 알레고리의 기본적인 표현 방식 중 하나이다. 슐레겔은 이 글에서 낭만주의 소설의 모습을 의인화하여 알레고리로 표현하고 있는 것이다.

슐레겔은 또한 알레고리의 의미에 대해 까다롭게 생각하지 말 것을 요구하며, 꿈에 대한 이야기를 이어간다.

만일 그대가 알레고리의 일반적인 함축성과 개연성에 대해서 그렇게 까다롭지 않게 생각하고, 이와 더불어 미숙한 자의 고백에서 요구되는 것과 같은 정도의 미숙함이 서술에서 나타나는 것을 인정해준다면, 나는 이곳에서 최근에 꾸었던 나의 꿈 중 하나를 이야기하고 싶습니다. 왜냐하면 그것도 어린 빌헬미네의 특성을 묘사한 것과 매우 비슷한 결과를 보여줄 것이기 때문입니다. (30~31쪽)

이 꿈속에서는 네 명의 젊은이가 등장하는데, 그들은 모두 네 가지 서로 다른 장르의 소설이 의인화된 것이다. 그뿐만 아니라 이러한 소설을 만들어내는 인물도 의인화된 위트이다.

그가 말했습니다. "내가 자네를 위해 옛 연극을 새롭게 만들어보겠네. 기로에 서 있는 몇 명의 젊은이에 대한 이야기야. 나 자신은 한가한 시간에 신적인 상상력으로 그들을 만들어내는 일이 노력할 만한 가치가 있다고 생각한다네. 그들이야말로 진정한 소설들인데, 그 수는 넷이고 우리처럼 불멸의 존재지." 나는 그가 가리키는 곳을 바라보았습니다. 한 명의 멋진 젊은이가 거의 옷을 입지 않은 채로 초록빛 평원 위를 나

는 듯이 내달리고 있었습니다. (33쪽)

네 명의 젊은이와 함께 도덕, 겸손, 우아함, 사랑, 영혼, 뻔뻔함 등 인간의 성격이나 품성도 의인화되어 나타난다. 이렇게 의인화된 인물들을 통해서 슐레겔은 여러 가지 소설의 모습들을 보여준다.

메타픽션 또는 자의식적 소설의 기본적인 특징 중 하나는 자기 작품에 대해 화자가 지속적으로 관심을 갖는다는 것이다. 『루친데』에도 이러한 특징이 드러나는데, 앞의 예에서도 1인칭 화자인 율리우스가 현재 진행 중인 소설에 대해 "나의 삶을 담은 이 작은 소설"이라는 말을 통해 작품에 관여하는 장면이 나타났다.

마지막으로 이 소설이 메타픽션 소설임을 드러내는 특징으로, 스스로 서술 기법에 대해 관찰하고 언급하고 있다는 점을 들 수 있다.

다음은 율리우스가 이 작품을 쓰려고 할 때의 상황에 대해 설명하는 부분이다.

그때 나는 투명하고 진실했던 시절의 내 서투름과 우리의 경솔함에 대한 정확하고 진솔한 이야기를 그대 앞에 막 펼쳐놓으려고 했습니다. 그리고 가장 섬세한 삶의 내밀한 중심을 상하게 하는 우리의 오해에 대해 단계적으로 서서히 자연적인 법칙에 따라 해명하고, 나의 미숙함으로 인해 생긴 여러 가지 일을, 전체적으로나 부분적으로나 잦은 미소와 약간의 슬픔과 충분한 자기만족 없이는 결코 조망할 수 없는, 나의 남성 수업 시대와 함께 제시하려던 참이었습니다. (16쪽)

여기서 율리우스는 자신의 고백을 「남성 수업 시대」와 함께 엮으려는 구상을 밝힌다. 「남성 수업 시대」는 앞에서도 살펴보았듯이 소설 『루친데』를 이루는 13개의 장 중 일곱번째 장이다. 율리우스는 이러한 이야기를 고백하는 형식의 편지로 쓰려고 하는데, 이런 편지들은 보통 "견디기 어려운 통일성을 가지고 있고 단조롭기" 때문에 혼돈을 재창조하고 완성시키는 일을 할 수 없다. 그래서 즐거움을 주는 "가장 멋진 혼돈"을 창조하기 위해 그는 "혼란의 권리"를 사용하겠다고 말한다.

그리하여 나는 의심의 여지 없이 확실한 혼란의 권리를 사용합니다. 그리고 그대를 꼭 볼 수 있기를 바랐던 그대의 방이나 우리의 소파에서 그대를 발견하지 못할 때면, 그대가 그리워 참을 수 없어서 당신이 바로 직전에 사용했던 펜으로 마음속에 떠올랐던 가장 멋진 말로 가득 채웠거나 망쳐버렸던, 어지럽게 흐트러져 있던 수많은 종이 중 한 장을 완전히 엉뚱한 장소인 이곳에 놓아둡니다. 이 종이들은 착한 그대가 나 몰래 조심스레 간직했던 것들입니다. (17쪽)

여기에서 율리우스는 혼란의 권리를 어떻게 사용했는지를 고백한다. 그것은 소설 『루친데』의 생성 과정에 대한 고백이기도 하다. 그는 루친데를 기다리다가 루친데가 없는 루친데의 방에서 루친데의 펜으로 고백하는 글을 쓰고 그 종이들을 어지럽게 흐트러뜨린 다음, 그중 한 장을 무작위로 엉뚱한 곳에 놓는다. 이것이 이 소설에서 사용한 서술 방식이며, 이것이야말로 "가장 멋진 혼돈"이라고 주장하는 것이다. 이 말은 이 소설의 각 장들이 꼭 있어야 할 곳에 있는 것이 아니기 때문에, 이 책을 읽을 때 순서가 바뀌어도 관계가 없다는 고백이기도 하다. 특기할 만한 사실은 "혼란의 권리"를 주장하는 이 부분이 한 문장으로 이루어져 있다는 것이다. 번역본에서는 편의상 앞과 뒤에 짧은 문장을 하나씩 만들어 세 문장으로 나누어 해석했지만, 원문은 여러 개의 접속사와 관계대명사를 사용하여 만든 한 문장이다. 이처럼 긴 문장은 매우 복잡하여 읽는 것도 혼란스럽고 어렵다. 문장 자체가 혼돈의 미에 대한 메타포로 읽힐 수도 있다.

이상에서 살펴본 바와 같이 이 소설은 여러 가지 측면에서 메타픽션적 특징을 보인다. 하지만 현대의 메타픽션 소설들이 대체로 독자의 감정이입을 막기 위한 다양한 장치들을 마련하고 있는 데 반해, 『루친데』에서는 그보다는 자기 반영적이고 자기 성찰적인 모습을 많이 보여준다는 점에서 다소간의 차이가 있다. 그러나 이 소설은 비서사적인 구조를 갖고 있기 때문에 사건의 흐름이 중요한 서사적 소설에 비해 감정이입이 생길 여지가 매우 적다. 그래서 굳이 그러한 장치를 마련할 필요가 없었을 것이다.

4. 사랑과 결혼

1) 미숙한 자

이 소설의 부제는 "미숙한 자의 고백"이다. 여기서 미숙한 자란 고백을 하고 있는 남자 주인공인 율리우스이다. 그리고 율리우스는 남성을 대표하는 인물로 나타나기 때문에 "미숙한 자"란 남성을 포괄적으로 일컫는 말이기도 하다. 미숙하다는 것은 모든 면에서 미숙한 자일 수도 있으나, 이 소설의 주제가 사랑이기 때문에 남성은 특히 사랑에 미숙한 자가 된다.

여성들에게는 완전히 다르게 나타날 것입니다. 여성들 중에는 미숙한 사람이 아무도 없습니다. 왜냐하면 여성들은 모두 자신의 내부에 이미 사랑을 갖고 있기 때문입니다. 우리 청년들은 이러한 사랑의 무궁한 본질에 대해서 언제나 조금씩 더 배우고 이해할 뿐입니다. (44~45쪽)

이에 따르면 여성들은 모두 숙달된 사람들이다. 여성들은 모두 자신의 내부에 이미 완전한 사랑을 품고 있는 사람들이며, 사랑의 분야에서는 완성된 경지에 오른 사람들이다.

인간에게는 본래 두 부류가 있습니다. 정신적으로 성장 중인 인간과 교양이 완성된 인간, 즉 남자와 여자가 있습니다. (128쪽)

여기에서 "정신적으로 성장 중인"에 사용된 형용사는 동사

bilden의 현재분사형인 bildend이며, "교양이 완성된"에 사용된 형용사는 과거분사형인 gebildet이다. 그런데 bilden의 기본적인 의미는 '만들다'이다. 그래서 피터 퍼쇼Peter Firchow는 『루친데』 영어 번역본에서 bilden의 의미를 'create(창조하다, 만들다)'로 받아들였다. 그래서 '미숙한 자'인 남성이 오히려 '창조하는 자(the creativ)'가 되고 '성숙한 자'인 여성이 '창조된 자(the created)'가 되는 논리적인 모순에 직면하게 되었다.* 이것은 분명히 오역이다. 퍼쇼는 다른 의미를 찾아서 번역해야 했다. bilden이 가지고 있는 또 다른 의미로는 '발전하다' '계발하다' '교육하다' '도야하다' 등이 있다. 그래서 독일의 Bildungdroman은 성장소설로 번역된다. Bildung이란 세상을 돌아다니며 인격을 도야하고 배워가며 스스로 발전하고 성장하는 것을 의미하기 때문이다. 또한 gebildet의 주요 의미로는 '교양 있는' '교육받은' '세련된' '완성된' 등이 있다. 따라서 bildend의 의미는 '성장 중인' '배우는 과정에 있는' '발전해나가는' 등으로 보아야 한다. 그리고 gebildet의 의미는 앞에서 거론한 대로 '교양이 완성된' '성숙한' 등으로 보아야 하며, 이것이야말로 여성성이 갖는 의미가 된다.

2) 사랑과 관능

낭만주의 소설의 이론을 따르고 있는 이 소설에 나타나는 사랑의 이론도 매우 파격적이며 혁명적이다. 왜냐하면 슐레겔은

---

* Peter Firchow, *Schlegel's Lucinde and the Fragments*(Minneapolis: 1971), p. 108.

이 소설에서 사랑에 대한 서술을 통해 기존의 관습이나 도덕에서 벗어난 새로운 가치관과 도덕관을 가지고 새로운 사회를 꿈꾸는 개혁의 프로그램을 제시하려 하기 때문이다.

슐레겔이 생각하는 사랑은 도덕과 관습의 규제를 벗어난 사랑으로 자연스러워야 한다. 그래서 연인들 사이에서 우선적으로 추방되어야 할 것은 "얌전한 척하는 것"이다.

여인에게 얌전한 척하는 것보다 더 부자연스러운 것은 분명히 명백하게 없다고 나는 생각합니다. 그것은 어떤 내적인 분노 없이는 결코 생각할 수 없는 일종의 악습입니다. (46쪽)

그것을 내적인 분노 없이는 생각할 수 없는 이유는 그러한 행동이 순진해서 나타나는 모습이 아니라 단지 겉으로만 드러나는 "겉모습"일 뿐이기 때문이다.

그것은 단지 겉모습일 뿐입니다. 사랑의 불꽃은 결코 끌 수 없습니다. 그리고 가장 깊은 잿더미 속에서도 불씨는 타고 있습니다. (47쪽)

얌전한 척하는 행동은 도덕과 관습 때문에 관능적인 것을 부끄러워해서 생기는 것이다. 슐레겔은 얌전한 척하는 것과 상반되는 개념으로 '뻔뻔함'을 든다. 위의 예들은 「뻔뻔함의 알레고리」에 나오는 글이다. 뻔뻔함이란 그러니까 얌전한 척하지 않는 것이며 부끄러워하지 않고 본능에 따라 자연스럽게 행동하는 것을 의미한다. 그것은 당당한 마음에서 나오는 행동이다.

슐레겔은 전통적인 도덕심 때문에 진정한 "사랑의 불꽃"인 관능에 대해 부끄러움을 느끼는 "그릇된 수치심"을 비웃는다.

> 오, 그렇게 부러울 정도로 선입견으로부터 자유롭다니! 사랑하는 여인이여, 내가 때때로 그대에게서 저주스러운 의복을 찢어내어 아름다운 무질서 상태로 흩뿌렸듯이, 그대 또한 그러한 선입견을 벗어던지고 그릇된 수치심의 모든 찌꺼기를 버리십시오. (30쪽)

여기서 선입견이란 전통적인 도덕이나 관습에 의거하여 생각하는 마음으로 "그릇된 수치심"의 원인이 된다. 슐레겔은 "그릇된 수치심"에서 벗어나 진정한 사랑의 길로 들어설 것을 요구하고 있는 것이다. 수치심을 벗어던진 사랑은 자연 상태의 사랑이며 가장 자유스러운 사랑이다. 그리고 이성이 아니라 감성의 지배를 받으며, 아무런 구애 없이 하고 싶은 대로 모든 행동을 하는 무질서 상태의 사랑으로 나아간다. 이런 상태에서는 감각이 주는 사랑의 즐거움을 억제할 필요가 없다.

> 그대가 나만큼 달아올라 있는지 나는 느끼면 안 되나요? 오, 그대 심장의 고동 소리를 듣게 해주고 눈처럼 흰 가슴에 내 입술을 식히게 해주시오! ……당신은 나를 떼어낼 수 있나요? 그러면 난 원망할 것입니다. 나를 좀더 세게 안아줘요. 입맞춤에 대한 입맞춤을 해줘요. (64쪽)

이 말은 율리우스가 루친데에게 하는 말이다. 율리우스에게
관능은 삶의 신성함이며 자연의 경이롭고 성스러운 모습이다.
여성들도 자신의 욕망과 감정을 숨기지 말고 솔직하게 드러내
야 한다. 관능을 부끄러워하는 전통적인 여성의 모습은 잘못된
것이며, 관능적인 것이야말로 가장 진정한 사랑의 요소이기 때
문이다.

유일하게 서사적 이야기를 담고 있는 「남성 수업 시대」에서
율리우스와 루친데는 사랑의 최고 단계인 진정한 합일을 이룬
다. 그것은 "서로를 희롱"하며 "무한히 황홀한 감정"을 느끼는
관능 속에서 이루어진다.

3) 남녀의 합일과 결혼

이 소설에서도 사랑의 이상은 남녀의 완전한 합일이다. 이러
한 합일의 이상은 인간의 성적인 불완전성에 기인한다. 인간
은 성적으로 반쪽인 존재이기 때문에 이성을 통해서 나머지를
충족해야 한다. 이러한 충족을 이루어야 인간은 완성된 존재가
되며, 남녀는 조화로운 전체를 이루게 된다.

그런데 슐레겔은 합일로 나아가는 가장 기본적인 것으로 남
녀의 동등성을 요구한다. 그것은 남성성과 여성성의 전통적인
개념을 전도시킬 때 가능해진다.

우리가 역할을 바꾸어서 누가 상대방을 더 감쪽같이 모방
할 수 있는지를, 다시 말하자면 그대가 남자의 은근한 과격성

을 더 잘 흉내 내는지, 아니면 내가 여자의 참한 헌신적 태도를 더 잘 흉내 내는지를 어린아이 같은 마음으로 재미 삼아 내기한다면, 무엇보다도 이것이야말로 가장 재치 있는 것이고 가장 아름다운 것입니다. [……] 나는 여기에서 남성적인 것과 여성적인 것이 완전한 인간성으로 발달하는 것에 대한 놀랍고도 의미심장한 알레고리를 봅니다. (25쪽)

서로 역할을 바꾸는 놀이란 계몽주의적 사회에서 굳어진 남성성과 여성성을 전도시키는 것이다. 그때 비로소 남성과 여성은 어느 한쪽이 우세한 것이 아니라 서로가 동등해지고, 남성적인 것과 여성적인 것은 완전한 인간성으로 발달하게 된다.

관능적인 육체의 합일은 궁극적으로는 사랑을 바탕으로 내면적인 정신의 합일로 나아가야 한다. 그러한 합일을 이룰 때 인간은 영원한 삶을 살게 되고 세계는 영원한 세계가 된다. 그런데 이러한 이상적인 합일이 만드는 결혼을 슐레겔은 "숭고한 가벼움"으로 표현하고 있다. 이성을 바탕으로 체면과 격식을 중시하는 계몽주의 사회의 입장에서 본다면 본능과 관능, 순간적인 감정 등을 중시하는 낭만주의적인 사랑은 가벼운 사랑으로 폄하될 수 있지만, 슐레겔은 이것을 낭만주의의 이상으로 보기 때문에 이러한 가벼움에 종종 "신성한" "숭고한" 등의 수식어를 붙여서 표현한다. 사회적 신분이나 배경을 전혀 고려하지 않고 감정과 관능을 중시하는 사랑을 바탕으로 하는 결혼은 세속적인 입장에서 보면 가벼워 보일 수도 있지만, 낭만주의의 입장에서는 이것이야말로 진정한 결혼으로 보아야 하기 때문에 여기에서도 이러한 결혼을 "숭고한 가벼움"으로 표현한 것이다.

  이 소설을 처음 접한 것은 1986년이었다. Ullstein 출판사에서 1980년에 *Lucinde, Friedrich Schlegel; Vertraute Briefe über Schlegels "Lucinde", Friedrich Schleiermacher*라는 책을 문고본으로 간행했는데, 앞에 소설 『루친데』와 유고 단편들을 싣고 그 뒤에 프리드리히 슐라이어마허Friedrich Schleiermacher가 편집한 슐레겔의 편지들을 함께 엮었다. 그 시절 몇몇 대학원생들과 함께 스터디를 하면서 원서로 읽어보았다. 이후 이 소설의 번역은 숙제가 되었지만 30여 년이 지나도록 진척이 없었다. 그러던 차에 대산문화재단에서 실시하는 외국문학 번역지원사업에 선정되어 지원을 받아 번역을 마칠 수 있었다. 선정해주신 심사위원과 대산문화재단에 이 자리를 빌려 고마움을 전한다. 아울러 번역 원고를 맡아 수차례에 걸쳐 정성을 다해 교정과 편집을 해주신 문학과지성사 편집부에 무한한 감사의 마음을 전한다.

작가 연보

1772   3월 10일 하노버에서 개신교 목사이자 시인인 요한 아돌 프 슐레겔Johann Adolf Schlegel과 요한나 크리스티아네 에르트무테Johanna Christiane Erdmuthe의 7남매 중 막내로 출생. 유아기에 레부르크의 시골 목사였던 숙부 요한 아우구스트 슐레겔Johann August Schlegel에게 위탁되어 교육을 받음.

1776   숙부 아우구스트 사망. 목사인 큰형 집에 위탁되어 교육을 받음.

1785   하노버에 있는 부모에게 돌아감. 성격이 까다롭고 낭비벽이 심해 부모가 가장 걱정하는 자식이 됨.

1787   소설 『루친데Lucinde』에서 율리우스가 만난 첫번째 소녀인 루이제Luise를 연상시키는 소녀이자 첫사랑의 대상인 카롤리네 레베르크Caroline Rehberg를 만남.

1788   상업 수업을 위해 라이프치히의 은행가인 슐렘Schlemm에게 보내졌으나 곧바로 그만두고 하노버로 돌아옴. 넷째 형인 아우구스트 빌헬름 슐레겔August Wilhelm Schlegel의 영향으로 대학입시 공부를 시작함. 고전학에 관심을 갖고 그리스어와 그리스 정신사에 대한 광범위한 독서를 통해 많은 지식을 습득함. 특히 플라톤에 관한 서적을 탐독하고 '무한

한 것에 대한 동경Sehnsucht nach dem Unendlichen'이라는 개념을 얻음.

1790   괴팅겐 대학교에 입학하여 법학을 전공했으나 수학, 의학, 역사학, 문헌학 등 다양한 분야에 관심을 갖고 왕성한 독서를 함. 헤르더, 칸트, 헴스테르후이스, 빙켈만, 달베르크 등의 저서를 읽음. 형인 아우구스트 빌헬름으로부터 저술가와 학자가 되기 위한 자세를 보고 배움.

1791   라이프치히 대학교로 이적하여 법학을 계속 공부함. 수많은 독서를 통해 비평가로서의 삶을 살려고 생각함. 사치스럽고 문란한 생활을 맛봄.

1792   노발리스Novalis(본명은 프리드리히 폰 하르덴베르크 Friedrich von Hardenberg)를 만나 우정을 나눔. 5월에 드레스덴에서 실러Friedrich von Schiller를 처음으로 만남. 가을에 라이프치히의 사교계에서 라우라 하우크Laura Haugk를 만남.

1793   허영심이 많은 라우라 하우크와 헤어짐. 상류 사교계 활동으로 많은 부채가 생김. 마인츠에서 프랑스의 혁명군을 도운 혐의로 투옥되었다가 풀려났지만 경찰의 추적을 받아 곤경에 처한 카롤리네 뵈머Caroline Böhmer를 만남. 프랑스의 젊은 사관인 크란츠의 아이를 임신한 그녀를 출산 이후까지 몇 달간 돌보아줌.

1794   1월에 재정난으로 학업을 중단하고 작은누나인 샤를로테 Charlotte Ernst가 있는 드레스덴으로 감. 절제된 생활을 하며 개인적으로 그리스 문화사 및 문학 연구에 열중함.「그리스 작가들의 여성성에 대해서Über die weiblichen Charaktere in den griechischen Dichtern」를 『월간 여성 라이프치히 *Leipziger Monatsschrift für Damen*』 10월호에 발표. 「그리스 문학의 여러 학파에 관하여 Von den Schulen der griechischen Poesie」를 『월간 베를린 *Berlinische Monatsschrift*』 11월호에 발표. 「그리스 희극의 미학적 가치에 대해서 Vom ästhetischen Werte der griechischen Komödie」를 『월간 베를린』 12월호에 발표.

1795 자아의 자유로운 세계 창조를 주장하는 피히테 Johann Gottlieb Fichte의 철학에 깊은 감명을 받고 그와 교분을 나눔. 「미의 경계에 대해서 Über die Grenzen des Schönen」를 『새로운 독일 메르큐어 *Der neue Teutsche Merkur*』 5월호에 발표. 「디오티마에 대하여 Über die Diotima」를 『월간 베를린』 7월호에 발표.

1796 실러와 적대적인 요한 프리드리히 라인하르트 Johann Friedrich Reichardt가 창간한 정치 지향적인 잡지 『도이칠란트 *Deutschland*』의 동인이 된 프리드리히 슐레겔도 8월 7일 라이프치히의 부채를 모두 갖고 예나로 이주함. 「공화주의의 개념에 대한 소고 Versuch über den Begriff des Republikanismus」를 『도이칠란트』에 발표. 비평문인 「야코비의 볼데마르 Jakobis Woldemar」를 『도이칠란트』에 발표.

1797 실러와의 관계가 악화되고 5월 31일 실러는 아우구스트 빌헬름에게 공동 편집의 해약을 통보함. 괴테와 친분을 맺고 노발리스와는 깊은 우정을 나눔. 7월에 『도이칠란트』의 후신인 『아름다운 예술의 리체움 *Lyceum der schönen Künste*』의 편집장으로 베를린으로 이주했으나 12월에 라인하르트와 절연함. 여기서 독일의 초기 낭만주의를 함께 이끌어

갈 인물들인 프리드리히 슐라이어마허Friedrich Schleiermacher, 루트비히 티크Ludwig Tiek, 헨리에테 헤르츠Henriette Herz, 라엘 레빈Rahel Levin, 도로테아 파이트Dorothea Veit 등과 베를린 문학 서클을 형성함. 유대인 철학자 모제스 멘델스존 Moses Mendelssohn의 딸이자 9세 연상의 유부녀인 도로테아에게 여름에 처음 만날 때부터 좋아하는 감정을 갖고 점차 열렬한 사랑을 하게 되어 7년 후 결혼함. 『아름다운 예술의 리체움』에 「레싱에 대하여Über Lessing」와 「비평적 단장 Kritische Fragmente」 등 127편을 발표함. 이 단장들 속에서 아이러니 개념이 처음 제시됨. 주로 1795년과 1796년에 발표된 소논문들을 모은 『그리스인과 로마인 Die Griechen und die Römer』이 궁정 서적상 살로모 미카엘리스Salomo Michaelis에 의해 출판됨. 이 책에 1795년에 작성한 「그리스 문학 연구에 대해서Über das Studium der griechischen Poesie」가 수록됨.

1798   5월에 슐레겔 형제가 주도하는 독일의 초기 낭만주의 기관지인 『아테네움 Athenäum』을 창간하여 1호와 2호를 묶은 1권 발간. 「단장들Fragmente」 「괴테의 마이스터에 대해서 Über Goethes Meister」 등을 『아테네움』에 기고함. 『그리스인과 로마인의 문학사Geschichte der Poesie der Griechen und Römer』가 요한 프리드리히 웅어Johann Friedrich Unger에 의해 출판됨.

1799   『루친데』의 실제 모델로 볼 수 있는 도로테아가 지몬 파이트와 이혼함. 9월에 프리드리히가 예나로 들어가면서 도로테아, 루트비히 티크, 노발리스 등이 뒤따라 들어가고 셸

링Friedrich Wilhelm Joseph von Schelling이 이 그룹에 합류함. 무신론자로 고발을 당한 피히테가 예나 대학을 떠나 베를린으로 이주함. 3호와 4호를 묶은 『아테네움』 2권 발간. 1798년 11월부터 1799년 5월까지 집필한 소설 『루친데 *Lucinde*』 출간.

1800   8월에 5호와 6호를 묶은 『아테네움』 최종판 3권 발간. 1800/1801학년도 겨울 학기에 예나 대학에서 선험철학 강좌를 맡음. 「이념들Ideen」 「문학에 대한 대화Gespräch über die Poesie」 등을 『아테네움』에 발표.

1801   3월 25일 노발리스 사망. 4월에 베를린으로 이주.

1802   1월 17일 베를린을 떠나서 4개월 동안 드레스덴에 체류. 5월 29일 바이마르에서 괴테의 비호 아래 비극 「알라르코스Alarcos」 초연. 7월부터 도로테아와 함께 파리 체류. 카롤리네가 셸링과 사귀면서 아우구스트 빌헬름과의 결혼 생활은 파경에 이르고 낭만파는 해체됨.

1803   2월에 『오이로파*Europa*』 1권 발간. 11월 25일부터 다음 해 4월 11일까지 쾰른 출신의 두 형제 줄피츠 보아스레Sulpiz Boisserée와 멜히오르 보아스레Melchior Boisseree, 그리고 그들의 친구 요한 밥티스트 베르트람Johann Baptist Bertram 등에게 '유럽 문학사Geschichte der europäischen Literatur'를 강의함. 이 강의는 추후 청강생들의 필기를 바탕으로 출간됨. 「프랑스 여행Reise nach Frankreich」 「라파엘에 대해서Von Raphael」 「파리 회화에 대한 보고Nachricht von den Gem lden in Paris」 「이탈리아 회화에 대한 첨언Nachtrag italienischer Gemälde」 등을 『오

이로파』에 발표.

1804   4월 6일 도로테아와 결혼. 쾰른에 대학교를 설립할 계획을 갖고 있던 보아스레 형제와 함께 쾰른으로 귀국했으나 대학교 설립은 이루어지지 않음. 나폴레옹이 황제가 되자 열광했던 프랑스 혁명에 대해 비판적인 자세를 취함. 6월부터 신분이 높고 학식이 있는 사람들을 대상으로 '고대 및 근대 문학사Geschichte der Literatur der alten und neuen Zeit' '철학의 발전Die Entwickelung der Philosophie' 등을 강연. 10월 프랑스 출신의 스탈 부인Anne Germaine de Staël-Holstein과 제네바 호수의 코페에서 동거하고 있는 아우구스트 빌헬름을 방문하여 약 8주간 체류함. 『레싱의 사상과 생각Lessings Gedanken und Meinung』 출판.

1805   쾰른에서 '철학 입문 및 논리학Propädeutik und Logik' '세계사Über Universalgeschichte' 등을 강연. 『오이로파』 종간. 「고대 회화에 대한 두번째 첨언Zweiter Nachtrag alter Gemälde」「고대 회화에 대한 세번째 첨언Dritter Nachtrag alter Gemälde」 등을 『오이로파』에 발표.

1806   11월부터 노르망디의 아코스타성에서 스탈 부인에게 '형이상학Metaphysik'을 프랑스어로 강의. 『문학 수첩Poetisches Taschenbuch』 출판.

1807   6월 12일부터 쾰른에서 '독일어와 독일 문학에 대해서Über deutsche Sprache und Literatur' 강연.

1808   4월 18일 쾰른에서 도로테아와 함께 가톨릭으로 개종. 아우구스트 빌헬름이 오스트리아 황제인 프란츠 2세Franz Ⅱ

에게 합스부르크 왕가의 역사 연구가로 주선해주어 초여름에 오스트리아의 빈으로 이주. 오스트리아의 실력자인 보수주의자 메테르니히Klemens von Metternich를 만나 측근이 됨. 『인도인의 언어와 지혜에 대해서*Über die Sprache und Weisheit der Indier*』 출판.

1809   나폴레옹이 이끄는 프랑스와 전쟁을 하는 오스트리아에서 카를 대공 휘하의 궁정 비서관 대우 직책으로 임명됨. 6월 24일 군사령부 지시로 『오스트리아 신문*Österreichische Zeitung*』을 창간하여 12월 16일까지 발행.

1810   전쟁이 패배로 끝나자 빈으로 돌아와 2월 19일부터 5월 9일까지 '근대사에 대해서*Über die neuere Geschichte*' 강연. 프랑스 지배하의 오스트리아 정부 기관지인 『오스트리아 베오바흐터*Österreichischer Beobachter*』 창간.

1811   1810년에 강연한 『근대사에 대해서』 출판.

1812   2월 27일부터 4월 30일까지 빈에서 '고대 및 근대 문학사 Geschichte der alten und neuen Literatur' 강연. 잡지 『도이체스 무제움*Deutsches Museum*』 창간.

1814   나폴레옹이 실각한 후 동맹군들이 전후 질서를 확립하기 위해 9월부터 개최한 빈 회의에 참석함. 훔볼트Wilhelm von Humboldt가 작성한 프러시아 측 헌법 초안에 대항하여 오스트리아를 중심으로 하는 독일 연방주의 헌법 초안을 메테르니히의 지시로 작성함.

1815   빈 회의가 종료된 후에 교황으로부터 '그리스도 훈장 Christusorden'을 받음. 오스트리아 파견 사절단의 참사관으

로 프랑크푸르트에 파견되어 독일 통일에 관한 독일 연방 회의에 참석하고 오스트리아의 입장을 대변함. 1812년에 강연한 『고대 및 근대 문학사』 출판.

1818 프랑크푸르트에서 소환되어 정치와 외교 분야의 공적인 활동이 종료됨.

1819 2월부터 8월까지 예술 전문가로서 오스트리아의 황제 프란츠 2세를 수행하여 이탈리아를 여행함.

1820 정치적으로는 보수적이고 종교적으로는 가톨릭 성향을 보이는 빈 낭만주의 문예지 『콩코르디아 *Concordia*』 창간.

1823 4월에 『콩코르디아』 최종판인 6호 발간.

1827 아우구스트 빌헬름이 프리드리히에게 절교 선언. 3월 26일부터 5월 31일까지 빈에서 '생의 철학Philosophie des Lebens' 강연.

1828 3월 31일부터 5월 30일까지 빈에서 '역사 철학Philpsophie der Geschichte' 강연. 12월 5일부터 죽기 전까지 드레스덴에서 '언어 철학Philpsophie der Sprache und des Wortes' 강연. 강연집 『생의 철학』과 『역사 철학』 출판.

1829 드레스덴에서 언어 철학에 대한 강연 원고 집필 도중 쓰러져 1월 12일 새벽에 사망. 철학편 20권, 시와 문학편 19권, 역사 및 정치편 18권, 신학 및 철학편 42권 등 총 180권의 노트에 담긴 미발표 원고를 남김.

1830 도로테아가 미완성 강연집인 『언어 철학』 출판.

기획의 말

세계문학과 한국문학 간에 혈맥이 뚫려, 세계–한국문학의 공진화가 개시되기를

21세기 한국에서 '세계문학'을 읽는다는 것은 무엇을 뜻하는가? 자국문학 따로 있고 그 울타리 바깥에 세계문학이 따로 있다는 말인가? 이제 한국문학은 주변문학이 아니며 개별문학만도 아니다. 김윤식·김현의 『한국문학사』(1973)가 두 개의 서문을 통해서 "한국문학은 주변문학을 벗어나야 한다"와 "한국문학은 개별문학이다"라는 두 개의 명제를 내세웠을 때, 한국문학은 아직 주변문학이었다. 한데 그 이후에도 여전히 한국문학은 주변문학이었다. 왜냐하면 "한국문학은 이식문학이다"라는 옛 평론가의 망령이 여전히 우리의 의식을 장악하고 있었기 때문이다. 그렇게 생각하고 그렇게 읽고, 써온 것이었다. 그리고 얼마간 그런 생각에 진실이 포함되어 있는 것도 사실이었다. 그러나 천천히, 그것도 아주 천천히, 경제성장이나 한류보다는 훨씬 느리게, 한국문학은 자신의 '자주성'을 세계에 알리며 그 존재를 세계지도의 표면 위에 부조시키고 있었다. 그런 와중에 반대 방향에서 전혀 다른 기운이 일어나 막 세계의 대양에 돛을 띄운 한국문학에 위협적인 격랑을 밀어붙이고 있었다. 20세기 말부터 본격화된 '세계화'의 바람은 이제 경제적 재화뿐만이 아니라 어떤 나라의 문화물도 국가 단위로만 존재할 수 없게 하였던 것이니, 한국문학 역시 세계문학의 한 단위라는 위상을 요구받게 되었던 것이다.

그러니 21세기 한국에서 세계문학을 읽는다는 것은 진정 무엇을 뜻하는가? 무엇보다도 세계문학이라는 개념을 돌이켜 볼 때가 되었다. 그동안 세계문학은 '보편문학'의 지위를 누려왔다. 즉 세계문학은 따라야 할 모범이고 존중해야 할 권위이며 자국문학이 복종해야 할 상급 문학이었다. 그리고 보편문학으로서의 세계문학의 반열에 올라간 작품들은 18세기 이래 강대국의 지위를 누려온 국가의 범위 안에서 설정되기가 일쑤였다. 이렇게 해서 세계 각국의 저마다의 문학은 몇몇 소수의 힘 있는 문학들의 영향 속에서 후자들을 추종하는 자세로 모가지를 드리워왔던 것이다. 이제 세계문학에게 본래의 이름을 돌려줄 때가 되었다. 즉 세계문학은 보편문학이 아니라 세계인 모두가 향유할 수 있도록 전 세계 방방곡곡에서 씌어져서 지구적 규모의 연락망을 통해 배달되는 지구상의 모든 문학이라고 재정의할 때가 되었다. 이러한 재정의에는 오로지 질적 의미의 삭제와 수량적 중성화만 있는 게 아니다. 모든 현상학적 환원에는 그 안에 진정한 가치를 향해 나아가고자 하는 지향성이 움직이고 있다. 20세기 막바지에 불어닥친 세계화 토네이도가 애초에는 신자유주의적 탐욕 속에서 소수의 대국 기업에 의해 주도되었으나 격심한 우여곡절을 겪으며 국가 간 위계질서를 무너뜨리는 평등한 교류로서의 대안-세계화의 청사진을 세계인의 마음속에 심게 하였듯이, 오늘날 모든 자국문학이 세계문학의 단위로 재편되는 추세가 보편문학의 성채도 덩달아 허물게 되어, 지구상의 모든 문학들이 공평의 체 위에서 토닥거리는 게 마땅하다는 인식이 일상화까지는 아니더라도 최소한 정당화되고 잠재적으로 전망되는 여건을 만들어내게 되었던 것이다.

또한 종래 세계문학의 보편문학적 지위는 공간적 한계만을 야기했던 게 아니다. 그 보편문학이 말 그대로 보편성을 확보했다기보다는 실상 협소한 문학적 기준에 근거한 한정된 작품 집합에 머무르기 일쑤였다. 게다가, 문학의 진정한 교류가 마음의 감동에서 움트는 것일진대, 언어의 상이성은 그런 꿈을 자주 흐려왔으니, 조급한 마음은 그런 어둠 사이에 상업성과 말초적 자극성이라는 아편을 주입하여 교류를 인공적으로 촉진시키곤 하였다. 이제 우리는 그런 편법과 왜곡을 막기 위해서, 활짝 개방된 문학적 관점을 도입하여, 지금까지 외면당하거나 이런저런 이유로 파묻혀 있던 숨은 걸작들을 발굴하여 널리 알리고 저마다의 문학을 저마다의 방식으로 감상할 수 있는 음미의 물관을 제공해야 할 것이다. 실로 그런 취지에서 보자면 우리는 한국에 미만한 수많은 세계문학전집 시리즈들이 과거의 세계문학장을 너무나 큰 어둠으로 가려오고 있었다는 것을 절감한다.

이와 같은 인식하에 '대산세계문학총서'의 방향은 다음으로 모인다. 첫째, '대산세계문학총서'의 기준은 작품의 고전적 가치이다. 그러나 설명이 필요하다. 이 고전은 지금까지 고전으로 인정된 것들에 갇히지 않는다. 우리가 생각하는 고전성은 추상적으로는 '높은 문학성'을 가리킬 터이지만, 이 문학성이란 이미 확정된 규칙들에 근거한 문학성(그런 문학성은 실상 존재하지 않거니와)이 아니라, 오로지 저만의 고유한 구조를 통해 조직되는데 희한하게도 독자들의 저마다의 수용 기관과 연결되는 소통로의 접속 단자가 풍요롭고, 그 전류가 진해서, 세계의 가장 많은 인구의 감성을 열고 지성을 드높일 잠재적 역능이 알차게 채워진 작품의 성질을 가리킨다. 이러한 기준은 결국 작품의 문학성이 작품이나 작가에 의해 혹은 독자에 의해 일방적으로 결정되는 것이 아니라, 세 주체의 협력에 의해 형성되며 동시에 그 형성을 통해서 작품을 개방하고 작가의 다음 운동을 북돋거나 작가를 재인식시키며, 독자의 감수성을 일깨워 그의 내부에 읽기로부터 쓰기로의 순환이 유장하도록 자극하는 운동을 낳는다는 점을 환기시키고 또한 그런 작품에 대한 분별을 요구한다.

이 첫번째 기준으로부터 두 가지 기준이 덧붙여 결정된다.

둘째, '대산세계문학총서'는 발굴하고 발견한다. 모르거나 잊힌 것을 발굴하여 문학의 두께를 두텁게 하고, 당대의 유행을 따라가기보다는 또한 단순히 미래를 예측하기보다는 차라리 인류의 미래를 공진화적으로 개방할 수 있는 작품을 발견하여 문학의 영역을 확장할 것을 목표로 한다. 이는 또한 공동선의 실현과 심미안의 집단적 수준의 진화에 맞추어 작품을 선별한다는 것을 뜻한다.

셋째, '대산세계문학총서'가 지구상의 그리고 고금의 모든 문학작품들에게 열려 있다면, 그리고 이 열림이 지금까지의 기술 그대로 그 고유성을 제대로 활성화시키는 방식으로 진행되는 것이라면, 이는 궁극적으로 '가장 지역적인 문학이 가장 세계적인 문학'이라는 이상적 호환성을 추구한다는 것을 가리킨다. 이는 또한 '대산세계문학총서'의 피드백에도 그대로 적용될 것이다. 즉 '대산세계문학총서'의 개개 작품들은 한국의 독자들에게 가장 고유한 방식으로 향유될 터이고, 그럴 때에 그 작품의 세계성이 가장 활발하게 현상되고 작용할 것이다.

이러한 기준들을 열린 자세와 꼼꼼한 태도로 섬세히 원용함으로써 우리는 '대산세계문학총서'가 그 발굴과 발견을 통해 세계문학의 영역을 두텁고 넓게 하는 과정 그 자체로서 한국 독자들의 문학적 안목과 감수성을 신장시키는 데 기여할 것을 기대하며, 재차 그러한 과정이 한국문학의 체내에 수혈되어 한국문학의 도약이 곧바로 세계문학의 진화로 이어지게끔 하기를 희망한다. 이는 우리가 '대산세계문학총서'를 21세기의 한국사회에서 수행하는 근본적인 소이이다. 독자들의 뜨거운 호응을 바라마지않는다.

'대산세계문학총서' 기획위원회

대산세계문학총서